韓國의 漢詩 41

牧隱 李穡 詩選

한국의 한시 41

목은 이색 시선

허경진 옮김

평민사

　목은(牧隱) 이색(李穡 1328-1396)은 고려조 최고 최대의 시인이다. 55권 5,970여 수에 이르는 방대한 분량도 그렇거니와, 중국에 유학하여 뛰어난 성적으로 과거에 급제한 것만 보아도 또한 그러하다. 그는 이러한 능력을 바탕으로 하여 다섯 차례나 과거의 시관을 맡았고, 성균관의 대사성을 지냈다.

　그는 고려가 망하고 조선이 건국되는 과도기에 살면서 중국 대륙에서 원나라와 명나라가 교체되는 것도 지켜보았고, 북에서는 홍건적이, 남에서는 왜구가 침략하여 국토를 유린하는 것도 지켜보았다. 신돈에서 우왕과 공양왕에 이르는 고려왕실의 어지러운 모습도 또한 지켜보았으며, 심지어는 조선 건국에 참여하지 않았다는 이유로 제자와 후배들로부터 배척당하고 아들들이 매맞아 죽는 참담한 비극을 겪기까지 하였다. 이러한 사건들은 모두 그의 시에 들어와 크고 작은 소재가 되었으며, 6,000수 가까운 그의 시는 또 하나의 시사(詩史)가 되었다.

　그의 시는 조선조 비평가들에게서 높은 점수를 받았다. 제자 권근은 목은의 문집 서문에서 "우리 동방에 문학이 있은 이래로 선생보다 훌륭한 사람이 없었다"고 평했으며, 서거정은 "선생의 시가 비록 경사(經史)에 근본하여 법도가 삼엄하였으나 노장(老莊)과 불가의 책에 이르기까지 종횡 출입하였고, 심지어는 패관소설에 이르기까지 널리 채택하였다"고 평하였다. 허균은 이생에게 보내는 편지에서 "(조선조 시문을) 중흥시킨 공은 문정공(文靖公)이 가장 크다"고 평하면서 아버지 초당에게서 형 하곡과 누이 난설헌, 그리고 자신에게까지 이르는 허씨 문중의 시맥도 목은에게서 비롯되었음을 자랑스럽게 설명하였다. 이건창은 "기백의 웅장함과 음향의 깊음이 동방에 없던 바"라고 그의 시적 역량을 높이 평하였다.

　그가 워낙 많은 시를 지었기 때문에, 한 권의 시선에 충분히 담아낼 수가 없었다. 그나마 가려 뽑아서 번역했던 작품 가운데 번역이 마음에 들지 않는 수십 수는 마지막 과정에서 삭제하였고, 재교 과정에서 또한 20여 수를 내버렸다. 230여 쪽 분량으로 그의 시를 다 소개할 수는 없겠지만, 성리학에서 불교에 이르기까지의 사상편력, 풍류적인 시인의 모습, 남편과 아버지로서의 모습까지 조금씩이라도 보여주려고 애썼다. 아이들에게 지어준 시라든가, 아이들을 그리워하며 지은 시도 많았는데, 특히 셋째 아들을 목욕시키며 지은 시에서는 따뜻한 아버지의 모습이 잘 그려져 있다. 그렇게 키운 아들들이 자신의 제자와 후배들에게 매맞아 죽었을 때에 그의 마음이 얼마나 아팠을까. 음식을 먹으며 즐거워하는 시도 많았는데, 고려시대의 음식을 설명한 시들이 교열과정에서 몇 수 삭제된 것이 무척 아쉽다. 이 조그만 시선이 그의 시세계를 조금이라도 보여줄 수 있다면 다행이겠다.

　─ 2004년 12월
　　허 경 진

차례

• 의주참(義州站) 동쪽 상방에서 자는데 한밤중에 불이 구들 틈새를 따라 벽지에 타오르는 통에 바람이 일고 방안이 환해졌다. 깜짝 놀라 깨어 불이 난 줄 알고 옷을 벗은 채 알몸으로

표문(表文)을 안고 달려나갔더니 벽지가 다 타자 불이 절로 꺼졌다. 그래서 잠깐 사이에 관리의 직무 수행은 마땅히 이렇게 해야 한다는 것을 스스로 증험하였는데 다만 뒷날 어떻게 될른지 알 수가 없다. 시 한 편을 읊어서 그 사실을 기록한다 _ 40

권 2

牧隱
李穡

황제의 생일에 신 이색이 고려에서 축하의 글을 가지고 온 신하를 좇아 대명전에 들어가 뵙다

天壽節日臣穡從本國進表陪臣入覲大明殿

활짝 열린 궁궐 안에 새벽빛이 산뜻한데
깃발들이 옥난간에 드높이 휘날리네.
구름 걷힌 보좌에선 천자 말씀 들려오고
봄빛 가득한 금술잔으로 천자 기쁨을 받드네.
온 세상이 한 집 되니 요임금의 시대이고
만세를 세 번 부르니 한나라 제도로다.
모르겠구나. 내 몸이 지금 어디에 있는지
아마도 푸른 하늘에 붉은 난새를 탄 것 같네.

大闢明堂曉色寒。　　旌旗高拂玉闌干。
雲開寶座聞天語、　　春滿金厄奉聖歡。
六合一家堯日月、　　三呼萬歲漢衣冠。
不知身世今安在、　　恐是靑冥控紫鸞。

동문에서 아버님을 배웅하며
東門送家君

만리 밖에서 노니는 것은 어버이 생각 때문인데
이제 동쪽 나라로 돌아가신다니 콧날이 시큰해지네.
천지간에 이 한 몸은 온통 꿈만 같은데
사방의 풍진이 내 마음을 아프게 하네.
책이 숲을 이뤄 오히려 길을 잃고
벼슬바다는 끝이 없어 나루터를 묻게 하네.
한 치 시간을 아끼며 노력해
공업을 잘 이뤄 태평 시대 세우리다.

遠游萬里爲思親。　　　親却東還鼻自辛。
天地一身渾似夢、　　　風塵四面暗傷神。
書林底處猶迷路、　　　宦海無涯試問津。
努力分陰當自惜、　　　好將功業樹昌辰。

섣달 그믐밤
除夜

해마다 섣달 그믐밤엔 역귀(疫鬼) 몰아내기를 즐겨
아이들과 뒤섞여 앉아 웃고 이야기하며 떠들썩했지.
객지 생활 흥미없음을 이제야 알겠으니
고즈넉한 스님 평상에 불똥만 떨어지네.

年年除夜喜驅儺。   雜坐兒童笑語譁。
始覺遠遊無興味、   寂寥僧榻落燈花。

한풍(寒風) 세 수를 섭공소와 함께 짓다
寒風三首與葉孔昭同賦

1.

찬 바람이 서북에서 불어오니
나그네라 고향이 그리웁구나.
쓸쓸히 긴 밤을 함께 지내노라니
등불만 잠자리에 가물거리네.
옛 길은 이미 멀어졌다고 하기에
뜬 구름 날아가는 것만 볼 뿐이라네.
슬프다! 뜰 아래 소나무만이
겨울 되자 더더욱 푸르르구나.
바라노니 우리 우정 도탑게 하여
금옥 같은 바탕을 잘 보전하세.

寒風西北來、　　客子思故鄉。
悄然共長夜、　　燈光搖我床。
古道已云遠、　　但見浮雲翔。
悲哉庭下松、　　歲晚逾蒼蒼。
願言篤交誼、　　善保金玉相。

새벽에 길을 나서다
早行

이른 새벽에 갈 길을 물어보는데
새벽빛은 아직도 희뿌옇구나.
달빛 받으며 말 위에서 졸며 가노라니
숲 저편서 사람 소리가 들려오네.
숲에는 가지런히 들안개 끼고
바람이 살살 불어 냇구름 피는데,
삼하현¹⁾을 이미 지나왔건만
일편단심 임금님을 향할 뿐일세.

凌晨問前路、　　曉色未全分。
帶月馬頭夢、　　隔林人語聞。
樹平連野霧、　　風細起溪雲。
已過三河縣、　　丹心秖在君。

■
1) 중국 하북성에 있는 현 이름이다. 부근에 칠도(七渡)·포구(鮑邱)·임순(臨
洵)의 세 강이 있어서 이런 이름이 붙었다.

술을 마주하고 노래하다
對酒歌

연새(燕塞)에 먼지 날려 반공중이 어둔데다
쓸쓸한 마을 객사엔 가시나무도 많구나.
나그네는 날 저물어 말안장을 풀고서
풍진 속에 얼굴 가득 긴 한숨을 내쉬네.
소년시절 품은 뜻은 한없이 컸건만
종횡으로 이루지 못해 간담이 울컥하네.
이따금 백주 마시며 소리 높여 읊노니
이 몸이 결코 산속에서 늙지는 않으리라.

燕塞吹塵半天黑。　　荒村客舍多荊棘。
行人日暮卸鞍馬、　　風塵滿面長太息。
少年志氣本磊落、　　縱橫不就肝膽激。
時斟白酒更高吟、　　未必將身老巖壑。

정관(貞觀) 연간의 노래를 유림관에서 짓다
貞觀吟楡林關作

진양공자[1]가 호걸[2]들과 사귈 적에는
풍운의 장한 기개 천지에 가득하여,
번쩍 한번 일어나 긴 창을 휘두르자
수양제 둑 버드나무[3]가 그 빛을 잃었지.
애초에 은(殷)·주(周) 좇아 무공을 이뤘으니
마땅히 순(舜)·우(禹) 따라 문덕을 펼쳐야 했네.
세운 나라 지키려면 안정이 귀중컨만
침략 전쟁 좋아하여 뒤집힘이 많았었지.
삼한은 기자 때에도 신하노릇 안 한 곳이니[4]
내버려 두었으면 아마도 좋았을 걸.[5]

■

* 정관(貞觀)은 당나라 태종시대의 연호인데, 627년부터 649년까지 23년
  동안 사용하였다. 태종이 정치를 잘하였으므로, 정관지치(貞觀之治)라면
  태평성대를 가리킨다.
  유림관은 만주지방에 있던 요새인데, 수나라와 당나라가 중요시했다.
1) 진양은 산서성 태원현(太原縣)에 있던 고을인데 당나라 고조 이연(李淵)
   이 진양공에 봉해졌다. 그래서 이연의 아들 이세민(李世民)을 진양공자라
   고 했는데, 뒤에 당나라 태종이 되었다.
2) 유문정(劉文靜)·배적(裵寂)·이정(李靖) 등을 가리킨다.
3) 수나라 양제(煬帝)가 운하를 파고, 둑 위에 버드나무를 줄지어 심었다.
4) 주나라 무왕이 은나라를 멸망시킨 뒤에 기자(箕子)를 조선 땅에 봉하였는
   데, 무왕은 기자를 어진 사람이라 하여 신하로 삼지는 않았다고 한다.
5) 삼한은 무왕도 신하로 삼지 않은 곳이니, 태종이 고구려를 정벌하여 신하
   로 삼으려는 생각은 잘못이라는 뜻이다.

어쩌다 귀한 군대 그렇게 움직여서
재갈 물리고 장수 되어 동쪽으로 몸소 오셨나.
용맹한 군사[6] 학야[7]에서 달밤에 포위되었고
깃발들은 계림에서 새벽비에 젖어버렸네.
주머니 속 물건 내듯 쉽다고 했건만
어찌 알았으랴! 눈알[8]이 화살에 빠질 줄이야.
정공이 이미 죽고 언로가 막혔더니
우습구나! 큰 비석이 쓰러졌다 다시 섰네.[9]

■

6) 비휴는 표범의 일종인데, 수컷을 비(貔), 암컷을 휴(貅)라고 했다. 옛날에
   는 비유를 길들여 전쟁에 썼으므로, 용맹한 군대를 '비휴'라고도 했다.
7) 요동 사람 정령위(丁令威)가 도를 닦아 신선이 된 뒤에 학으로 변해 성문
   화표주(華表柱)에 와서 울었다는 전설이 있어, 요동 땅을 학야(鶴野)라고
   했다.
8) 현화(玄花)는 눈에 검은 꽃이 생겨 눈이 침침해지는 것을 말하는데, 이 시
   에서는 눈알을 가리킨다. 야사에 고구려와 당나라가 안시성에서 싸울 때
   에 성주 양만춘(楊萬春)이 당나라 태종의 눈을 화살로 쏘아 맞혔다는 이
   야기가 있다.
9) 정공은 정국공(鄭國公)에 봉해진 위징(魏徵)이다. 위징은 원래 태자 건성
   (建成)을 섬겨 태종을 제거하려다가, 도리어 태종에게 패하여 사로잡혔
   다. 태종은 그의 어짊을 알고 재상으로 삼았으며, 그가 죽은 뒤엔 손수 비
   문을 지어 비석을 세웠다. 그러나 위징에 대한 예전의 분하던 마음이 잠
   재해 있었다. 그 뒤에 위징이 추천한 두정륜과 후군집이 죄를 짓자, 태종
   은 그를 의심하고 자기가 세운 비석까지 넘어뜨렸다. 그러나 고구려를

머리 돌려 정관시대 세 번을 외쳐보건만
하늘 끝 슬픈 구름만 소리치며 불어오네.

晉陽公子結豪客。　　風雲壯懷滿八極。
赫然一起揮天戈、　　隋堤楊柳無顔色。
已踵股周成武功、　　宜追虞夏敷文德。
持盈守成貴安靖、　　好大喜功多反側。
三韓箕子不臣地、　　置之度外疑亦得。
胡爲至動金玉武、　　銜枚自將臨東土。
貔貅夜擁鶴野月、　　旌旗曉濕雞林雨。
謂是囊中一物耳、　　那知玄花落白羽。
鄭公已死言路澁、　　可笑豊碑蹶復立。
回頭三呌貞觀年、　　天末悲風吹颯颯。

■
　　정벌하려다 실패하고서야 위징의 옛말을 깨닫고는 즉시 사람을 보내어
위징에게 제사 지내고 비석도 다시 세웠다.

염장(鹽場)을 지나다

過鹽場

소금 가마는 바닷가에 닿아 있고
소금 굽는 집은 산 앞에 기대었는데,
물결이 흰 눈 같은 바닷물을 몰아와
아침저녁으로 푸른 연기가 나네.
이름 팔아 관액보다 한결 비싸고
남긴 이익은 장삿배로 보내지네.
성조에서 법 고치길 어렵게 여겨
이 폐단이 오랫동안 전해 왔는데,
지난날 조서를 내리시어
널리 백성들의 형편을 돕게 하셨네.
생각건대 천자께서 성스러우시고
어진 재상까지 얻으셨으니,
천지간에 조금도 가리움 없어
바람과 햇빛이 맑고 고우리라.
멀리서도 알겠노니, 늙은이와 어린이가
요순 시대에 취하여 춤을 추리라.

塩竈傍海上、　　塩戸依山前。
波濤卷白雪、　　旦夕生靑烟。
沽名倍官額、　　漁利輸商船。
聖朝重更法、　　玆弊久相傳。
昨日詔書下、　　普與生民便。
恭惟天子聖、　　況得丞相賢。
乾坤無纖翳、　　風日涵淸妍。
遙知老與稚、　　醉舞唐虞天。

남신점(南新店)에서
南新店

문장으로 공명을 세울 수 있다지만
우습구나! 관 쓴 선비, 너무도 야위었네.
양웅이 책을 썼건만 헛된 자부 되어버렸고[1]
사마상여의 기둥 맹세도 끝내 무엇을 이루었던가.[2]
인간의 정은 봄날 산빛과 서로 같지를 않아
나그네 꿈이 유독 밤비 소리에 놀라 깨네.
만리장성 지나고나니 날씨도 좋아졌건만
바닷가 지나가는 내 모습을 그 누가 그려주랴.

文章可是立功名。	自笑儒冠大瘦生。
楊子着書空自負、	馬卿題柱竟何成。
人情不似春山色、	客夢偏驚夜雨聲。
過了長城風日好、	何人畵我海邊行。

■

1) 한나라 학자 양웅(揚雄)이 천지 만물의 기원을 논한 《태현경》 10권과 《논어》를 본뜬 《양자법언》을 지었다. 당시에 아무도 알아주지 않자, "후세에 나를 알아줄 자가 있을 것이다"라고 자부하였다. 그러나 왕망(王莽)에게 나아가 벼슬하는 바람에 명망을 잃었다.
2) 한나라 문장가 사마상여가 고향 촉군을 떠나 장안으로 가면서 승선교(升仙橋) 기둥에다 "네 마리 말이 끄는 수레를 타지 않고선 이 다리를 다시 지나지 않겠다"고 썼다. 그는 과연 황제에게 인정받는 문장가로 성공했다.

함께 온 중이 시내를 건너다가 말에서 떨어져 신 한 짝을 잃었기에 장난삼아 짓다

同來僧渡溪墜馬失隻履戲作

시냇물이 흘러 바다로 드니
말이 누워서 용이 되려고 하네.
정신없이 지팡이를 갑자기 놓쳐 버리자
장삼은 다 젖고 봄 구름만 짙구나.
갈대 꺾은 늙은 달마는[1] 역시 장난스럽고
석장 날린 아라한은 신통타고 일컬어졌지.
그대에게 묻노니, 신 한 짝은 어디에 있나.
아마도 총령 동쪽 땅엔 있지 않겠지.[2]

■

1) 중국 선종(禪宗)의 초조(初祖)인 달마대사(達磨大師)가 처음 중국을 나올 때 갈대를 꺾어 타고 장강(長江)을 건넜다고 한다.

2) 달마대사가 죽어 웅이산(熊耳山)에 장사지낸 지 3년이 지났을 때, 위나라 사신 송운(宋雲)이 서역(西域)에 갔다가 돌아오는 길에 총령에서 달마를 만났는데, 달마가 이때 신 한 짝만 손에 들고 혼자 가면서 "내가 서역으로 간다"고 말하였다. 송운이 돌아와서 임금에게 그 사실을 아뢰고 사람을 시켜 달마의 탑(塔)을 열어 관을 꺼내보자, 거기에도 신 한 짝만 남아 있었다고 한다.

31

굳이 다시 석두의 길을[3] 밟을 것 없네
서강 바람을 한 입에 마실 수 있을 테니.[4]

山溪流入海、　　　馬臥欲化龍。
柱杖茫然忽落手、　　袈裟盡濕春雲濃。
折蘆老胡亦戲劇、　　飛錫羅漢稱神通。
借問隻履在何地、　　定應不在葱嶺東。
不須更踏石頭路、　　自有一吸西江風。

■

3) 등은봉(鄧隱峰)이 마조(馬祖)를 하직하고 떠나면서 석두 희천선사(石頭希
遷禪師)에게로 가겠다고 하자, 마조가 "석두가 있는 곳은 길이 미끄럽다"
고 하였다. - 〈전등록〉
4) 방거사(龐居士)가 마조에게 도를 묻자, 마조가 "네가 서강의 물을 한 입에
들이마시기를 기다려서 네게 일러주겠다"고 하였다.

서강

西江

한편에 날린 비가 산마루를 지나자
여울물이 갑자기 상앗대 반쯤 불어났네.
날 저문 폐허에 사람 묵을 곳 없어
사공이 배 대어 놓고 삯을 비싸게 부르네.

一邊飛雨過山椒。　　忽覺沙灘漲半篙。
日落丘墟無處宿、　　舟人艤岸索錢高。

압록강을 건너면서

渡鴨綠

훈풍이 나그네 길에 불어오고
지는 해는 고향을 비추는데,
가랑비에 물결 소리 급해지고
모래톱엔 풀빛이 차갑네.
북으로 가면 만리와 통하고
동으로 가면 삼한과 이어지는데,
네 마리 말이 끄는 수레는[1] 지금 어디에 있나
내 인생이 얼굴 가득 부끄럽구나.

熏風吹客路、　　　落日照鄕關。
小雨波聲急、　　　平波草色寒。
北征通萬里、　　　東去接三韓。
駟馬今安在、　　　吾生愧滿顏。

■

1) 사마상여가 고향 다리에 남겼던 낙서에서 유래한 말로, 출세를 뜻한다.

부벽루

浮碧樓

어제 영명사[1]를 찾아왔다가
잠시 부벽루에 올라와 보니,
성은 빈 채 한 조각 달만 떠 있고
바위는 묵어 천년 구름뿐일세.
기린마는 떠난 뒤에 돌아오지 않으니[2]
천손[3]은 어느 곳에 노니시는지.
돌계단에 기대서서 길게 읊노라니
산은 푸르고 강물 절로 흐르네.

■

1) 구제궁(九梯宮)은 (고구려) 동명왕의 궁궐인데, 옛날에는 영명사 자리에
   있었다. -《신증 동국여지승람》
2) 기린굴은 구제궁 안 부벽루 아래에 있다. (고구려) 동명왕이 여기서 기
   린마를 길렀는데, 뒷사람이 비석을 세워 기록하였다. 세상에서 전하길,
   '왕이 기린마를 타고 이 굴로 들어갔다가 땅 속으로부터 조천석(朝天
   石)으로 나와 하늘로 올라갔다'고 한다. 그 말의 발자국이 지금도 돌 위
   에 있다. -《신증 동국여지승람》
3) 주몽이 오이(烏伊) 등 세 사람을 벗삼아 길을 가다가 엄수(淹水)에 이르
   자, 물에게 이렇게 고했다. "나는 천제의 아들이고 하백의 손자다. 오늘
   도망하는 중인데 쫓아오는 자들이 거의 따라잡게 되었으니, 어찌하면 좋
   겠느냐?" 그러자 고기와 자라들이 다리를 이루어 건너가게 한 뒤에 다리
   가 풀어졌다. -《삼국유사》제2 〈기이 상〉〈고구려〉《삼국유사》보다 조금
   앞서 이규보가 지은 〈동명왕편〉에는 "천제의 손자이며 하백의 외손자인
   이 몸, 난을 피하여 이곳에 이르렀다"고 하였다. 아버지 해모수가 천제의
   아들이었기 때문에, 자신을 천손(天孫)이라고 한 것이다.

昨過永明寺、　　暫登浮碧樓。
城空月一片、　　石老雲千秋。
麟馬去不返、　　天孫何處遊。
長嘯倚風磴、　　山青江水流。

《당사》를 읽고
讀唐史二首

1.
비록 궁중은 여위더라도
천하를 살찌게 해야 하리라.[1]
충성스런 말은 약석(藥石) 같았고
성대한 모임은 의상(衣裳)의 모임[2] 같았네.
궐하엔 넘어뜨린 비석 세웠고
요동에선 화살 비껴잡고 돌아갔네.[3]
아침에 《당사》를 읽고 생각해 보니
충성스런 간언이 지금은 드물구나.

縱使宮中瘦、	還令宇內肥。
忠言如藥石、	盛會似衣裳。
闕下仆碑立、	遼東撚箭歸。
朝來讀唐史、	忠諫至今稀。

---

1) 당나라 현종 때 한휴(韓休)가 직간을 많이 하자, 좌우 신하들이 현종에게 "한휴가 조정에 들어온 뒤부터 폐하께서 편할 날이 없습니다"라고 하였다. 그러자 현종이 "나는 여위더라도 천하가 살찔 것이다"라고 하였다.
2) 병거지회(兵車之會)의 반대말로, 전쟁을 일삼지 않고 화평한 모임을 가리킨다.
3) 당나라 현종의 한쪽 눈이 약간 사시(斜視)였으므로, 그가 사냥하는 모습을 그릴 때에는 화살을 한쪽으로 비껴잡은 모습으로 그렸다. 태종이 백만 대군을 거느리고 고구려를 쳐들어왔다가, 안시성 성주 양만춘이 쏜 화살에 눈 하나를 잃고 애꾸가 되어 돌아갔다.

향시에 느낌이 있어
鄕試有感

재주 없이 요행으로 봄 과거에 장원하여
땀 흐르는 붉은 얼굴로 남에게 놀림 받네.
옛부터 농을 얻으면 또 촉을 바랐으니[1]
약한 말이 굴레 이기지 못할 줄이야 어찌 생각하랴.
선배들이 조정 가득 숲같이 늘어선데다
글 읽고 문장 익힌 게 모두 정금 같아서,
사석(沙石) 같은 네 문장은 결코 취하지 않건만
함부로 나아가서 때로 길게 읊조리네.
어머니는 이미 늙고 자식은 나 하나뿐이니
늦기 전에 영예와 효성을 어찌 남에게 사양하랴.
얼음 속 잉어[2]와 겨울 죽순[3]도 오히려 효성에 감격했으니

■

1) 후한(後漢) 광무제(光武帝)가 장군 잠팽(岑彭)에게 내린 글에서, "사람
   은 만족할 줄 모르는 것이 병통이라, 농(隴)을 평정하면 다시 촉(蜀)을
   바라게 된다"고 했다.
2) 왕상은 진(晉)나라 때의 효자이다. 계모에게 지극히 효성스러웠는데, 추운
   겨울날 그 계모가 물고기를 먹고 싶다고 하였다. 왕상이 냇물에 나가 물
   고기를 잡기 위해 얼음을 깨려 하자, 얼음이 갑자기 저절로 깨지면서 잉
   어 두 마리가 튀어나왔다. 그것을 가져다 어머니에게 드렸다. 왕상은 벼
   슬이 태보(太保)까지 올랐다.
3) 오나라 효자 맹종(孟宗)이 어렸을 적에 추운 겨울날 대숲에 들어가 어머
   니가 즐기는 죽순이 없는 것을 슬피 탄식하자 눈 속에서 갑자기 죽순이
   나타났다. 맹종은 뒷날 벼슬이 사공(司空)까지 올랐다.

신명이 어찌 계수나무 한 가지를 아끼랴.
저 밝은 하늘이 머리 위에서 내려다보고
나를 이끄시어 좋은 자리에 앉게 하셨으니,
비록 명이 있으나 스스로 책려해야만
필력이 때때로 귀신을 놀라게도 하리라.

非才傲倖魁春闈。　　汗流赤面遭人譏。
由來得隴又望蜀、　　豈念弱馬難任犧。
滿朝前輩森如林、　　讀書習文皆精金。
汝之沙石斷不取、　　妄進時復長嘔吟。
慈顔已老我一身。　　榮孝及時何讓人。
氷魚冬笋尙感格、　　肯靳一枝丹桂新。
天昭昭兮在頭上、　　迪我啓我游文茵。
雖然有命可自勵、　　筆力有時驚鬼神。

의주참(義州站) 동쪽 상방에서 자는데 한밤중에 불이 구들 틈새를 따라 벽지에 타오르는 통에 바람이 일고 방안이 환해졌다. 깜짝 놀라 깨어 불이 난 줄 알고 옷을 벗은 채 알몸으로 표문(表文)을 안고 달려나갔더니 벽지가 다 타자 불이 절로 꺼졌다. 그래서 잠깐 사이에 관리의 직무 수행은 마땅히 이렇게 해야 한다는 것을 스스로 증험하였는데 다만 뒷날 어떻게 될른지 알 수가 없다. 시 한 편을 읊어서 그 사실을 기록한다

宿義州站東上房夜半火從堗缺處燒塗壁紙風
生室明驚窹以爲失火也赤身抱表走出紙盡火
滅俄頃之間自驗官守當如是第未知後日何如
耳吟成一篇以誌

군자는 관직 수행이 가장 중요한 일이라
많고 적은 풍파가 벼슬 바다에서 나온다네.
나는 지금 한낱 서장관이니[1]
표문[2] 간수하는 것만 알 뿐, 그 밖이야 어찌 알랴.

■

1) 이색이 1353년(공민왕 2)과 1355년(공민왕 4)에 서장관으로 북경에 다녀왔다.
2) 신하가 임금에게 올리는 글, 또는 우리나라가 중국에 보내는 외교문서를 표문이라고 했다. 내용에 따라 하표(賀表)·사표(謝表)·진정표(陳情表)·진봉표(進奉表)·걸표(乞表) 등이 있었는데, 사륙변려문으로 지었다. 《목은문고》 권11에 이색이 지은 표가 18편 실려 있다.

관인이 불을 내서 혹 표문이 불 탔다면
사신 된 사람만 때로 조롱받을 뿐 아니라,
수레 돌려 표문 고치기 어려운 일이니
비웃음과 꾸지람이 조정을 뒤엎었으리.
평생에 글 읽어서 예모를 익혀 왔건만
벼슬 얻은 처음부터 예모 꺾임을 달게 자초했네.
자다 놀란 정신은 아직 안정이 안 되었으니
이런 생각이 난 것도 성의 정심 때문일세.
아! 위태롭고 또 위태로웠으니
서장관이 화근 될 줄이야 누가 알았으랴.
문지기나 야경꾼을 누가 쉽다 말했던가.
한밤중엔 임금이 와도 열어 주지 않는다오.
어떻게 하면 무사히 표문을 도성에 올리고
양고기 안주에 황금잔을 신나게 기울일까.

君子居官守爲大。
我今一箇書狀官、
館人失火或延燒、
回車改表非易事、
平生讀書習禮貌。
夢驚神志尙未定、
嗚呼危哉復危哉、
抱關擊柝誰曰易、
何當無事進都省、

多少風波生宦海。
只識賫擎豈知外。
不獨使者時相嘲。
姍笑醜詆傾王朝。
發軔便摧甘自招。
發念及此由誠正。
誰知書狀爲禍胎。
王來半夜猶不開。
買羊快倒黃金杯。

권 3

牧隱
李穡

우리 집이 있는 한산은 비록 작은 고을이지만, 우리 부자가 중국의 제과(制科)에 급제한 까닭으로 천하가 모두 동국에 한산이 있는 줄 알게 되었다. 그러고 보니 그 훌륭한 경치를 노래로 전파하지 않을 수 없으므로, 팔영(八詠)을 짓는다

吾家韓山雖小邑以予父子登科中國天下皆知東國之有韓山也則其勝覽不可不播之歌章故作八詠云

숭정[1]암송(崇井巖松)

산봉우리엔 푸른 돌이 솟아 있고
소나무 끝엔 흰 구름이 이어졌네.
나한당은 고즈넉한데
중들은 교종 선종이 섞여 있구나.

峯頭蒼石聳、　　　松頂白雲連。
羅漢堂寥闃、　　　居僧雜教禪。

---

1) 숭정사가 기린산에 있다.

일광석벽(日光石壁)
평평한 들판에 우뚝히 꽂혀
아득히 긴 하늘을 굽어보는데,
푸른 석벽의 조그만 승방엔[2]
불등이 반공에 걸려 있구나.

崔嵬挿平野、 　　縹緲俯長天。
翠壁僧窓小、 　　佛燈空半懸。

고석심동(孤石深洞)
평평한 들판이 다 끝나가자
봉우리들이[3] 바라볼수록 더욱 높아지네.
한 구역 깊고 외진 곳에
절간[4]이 본래부터 외로웠네.

平野行將盡、 　　回峯望更高。
一區幽僻處、 　　梵刹本來孤。

■
2) 일광사가 취봉산에 있다.
3) 원문의 회봉(回峯)은 주위를 두르고 있는 산봉우리들이다.
4) 월명산에 있는 고석사이다.

회사[5]고봉(回寺高峰)

뒷 고개는 삼각을 이루고
앞 봉우리는 반공중에 들었네.
가던 배가 쇠 닷줄을 내렸으니
미친 바람이 불어와도 걱정 없겠네.

後嶺如三角、　　　前峯入半空。
行舟垂鐵碇、　　　遮莫有狂風。

원산[6]수고(圓山戍鼓)

바닷가 높은 산이 봉화를 전하느라
여염 집이 바다를 눌러 있는데,
백년 동안 난리 없던 이 땅에
수자리 북소리가 석양에 잦구나.

海嶠傳烽火、　　　閭閻壓浪波。
百年無事地、　　　戍鼓夕陽多。

■
5) 건지산 북쪽에 있는 절이다.
6) 와포와 아포 사이에 있는 산이다.

진포⁷⁾귀범(鎭浦歸帆)

가랑비에 복사꽃 물결 이루고
맑은 서리 갈대 잎은 가을일세.
떠가는 돛은 어디에 내리려는지
조각배 하나가 아득히 보이네.

細雨桃花浪、　　　清霜蘆葉秋。
歸帆何處落、　　　渺渺一扁舟。

압야권농(鴨野勸農)

냇가 들판은 반반하기가 숫돌 같고
벼 이삭은 구름같이 드넓은데,
태수는 권농 행차를 재촉하며
땅거미가 지도록 들판을 도네.

川原平似砥、　　　禾稼浩如雲。
太守催星駕、　　　巡田欲夕曛。

■
7) 조선시대 한산군 서쪽 21리에 있던 나루인데, 금강의 하류이다.

웅진관조(熊津觀釣)

마읍의 산은 병풍을 둘러치고
웅진의 물은 이끼 빛으로 물들었네.
낚싯줄이 바람 받아 간들거리다
마음에 들면 달 밝은 뒤에 돌아가네.

馬邑山橫障、　　　熊津水染苔。
釣絲風裏裊、　　　恰得月明回。

한산팔영(韓山八詠)을 소나무로 시작한 것은 스스로 책려(策勵)하는 뜻이고, 낚시질로 마친 것은 곧음을 생각한 것이며, 그 다음의 일광(日光)은 동방에서 나와 원근에 두루 미침을 의미한 것이고, 그 다음의 고석(孤石)은 확고한 그 바탕에 드러난 우뚝함을 취한 것이다. 그 다음의 회사(回寺)는 고을의 사적을 중히 여기는 뜻이고, 그 다음의 원산(圓山)은 병사(兵事)를 삼가는 뜻이며, 그 다음의 진포(津浦)는 백성의 이로움을 보인 것이고, 그 다음의 압야(鴨野)는 백성의 생활을 정립한 것이다. 그리하여 가벼운 일로부터 중한 일로 들어가서 말단적인 것을 먼저 말하고 근본적인 것을 뒤에 말한 것은 곧 진문(晉問)의 글이 당(唐)에서 마친 것을[8] 본받은 것이니, 고을의 훌륭한 선비들은 살펴보기 바란다.

8) 진문은 유종원이 지은 글의 편명인데, 그 글이 처음에는 산하(山河)의 험준하고 견고한 것을 논한 것으로 시작하여, 그 다음에는 견갑이병(堅甲利兵)과 명마(名馬) 등을 논하고, 맨 뒤에 이르러 진(晉)은 곧 옛 당(唐)이라 요임금의 유풍(遺風)이 있다는 것으로 끝마쳤다. 목은이 그 구조를 본받아 이 팔영을 지은 것이다.

삼각산을 지나다
過三角山

1.
소년 시절 책을 끼고 절간에 머무를 적에
돌다리에 뿌리는 폭포 소리를 조용히 들었지.
멀리 보이는 서쪽 벼랑엔 밝은 빛이 또렷한데
두어 마디 종소리가 석양을 향해 울리네.

少年挾冊寄僧窓。　　　靜聽飛泉洒石矼。
遙望西崖明歷歷、　　　數聲鐘向夕陽撞。

2.
만 길 푸른 봉우리가 중천에 높이 꽂혀
싸늘한 솔바람이 별을 흔들려 하네.
그 시절엔 높은 꼭대기에 나는 듯이 올라가
산허리에 천둥 치는 걸 내려다보았지.

高挿中天萬仞靑。　　　松風颯颯欲搖星。
當年飛上崔嵬頂、　　　俯視山腰擊迅霆。

스님을 찾아갔다가 만나지 못하다
訪僧不遇

시장바닥 이익과 조정의 명예는 똑같은 한 길이라
홀로 여윈 말 타고 스님을 찾아왔는데,
종이 창 아래 죽을 때까지 앉기야 허락하랴만
부들자리에 종일 가부좌하기도 어렵네.
밥 빌러 다닐 때엔 버들 언덕에 따라가고
불경 이고 가는 곳은 연꽃 호수 곁일세.
스님 마음이 본디부터 청정한 줄 아노니
비록 등가를[1] 만나더라도 걱정할 것 없으리.

市利朝名共一途。　　獨騎羸馬訪浮屠。
紙窓肯借終年坐、　　蒲薦猶難盡日趺。
乞飯行時隨柳岸、　　戴經歸處傍蓮湖。
知師本自心淸淨、　　雖遇登伽不足虞。

■
1) 마등가녀(摩登伽女)의 준말인데, 옛날 인도 마등가종족의 음녀(淫女)를
　　가리킨다.

군자 2수
君子二首

1.

군자에게 참다운 즐거움 있어
오묘한 곳을 참으로 말하기 어려우니,
솔개가 날고 고기가 뛰어[1]
삼라만상이 한 원기를 함께 하네.
태창의 좁쌀 같은 이 몸도
도화에 연원한 바이거니와,
예악이 천하에 입혀졌으니
주공과 공자는 지금도 살아 있네.

君子有眞樂、	妙處誠難言。
鳶飛與魚躍、	萬像同一元。
眇然稊米身、	道化所淵源。
禮樂被天下、	周孔至今存。

■

1) 《시경》 대아(大雅) 〈한록(旱麓)〉편에 "솔개는 날아서 하늘에 이르고, 물
고기는 뛰며 연못에 노네.[鳶飛戾天, 魚躍于淵]"라는 구절이 있다. 솔개
가 하늘로 나는 것이나 물고기가 연못에서 뛰는 것이 모두 자연스러운 도
(道)의 작용이어서, 군자의 덕화가 천지간 어디에나 미친 상태를 노래한
것이다. 주나라 임금의 덕을 기린 시이다.

권 4

牧隱 李穡

유관에서 잠시 쉬는데 한송선사가
술을 사 오다

楡關小憩寒松禪師沽酒

차가운 눈보라가 유관에 가득 몰아쳐
수염엔 고드름 달리고 말은 가지를 않네.
다행히 우리 선사께서 삼매[1]의 솜씨가 있어
주머니에서 취향의 별천지를 끌어내시네.

寒風吹雪滿楡關。　　　氷結踈髯馬不前。
賴有吾師三昧手、　　　破囊擎出醉鄕天。

■
1) 범어 Samadhi의 음역인데, 정수(正受) · 정견(正見) · 정정(正定) 등으로 번
   역된다. 산란한 마음을 한 곳에 모아 움직이지 않게 하고, 마음을 바르게
   하여 망념에서 벗어나는 경지이다.

처음으로 간의에 제수되어 입직하다
初拜諫議入直

일찍이 〈간원제명기〉[1]가 있단 말 들었더니
오늘 망연히 부끄러운 마음이 생기네.
천고에 양성은[2] 높은 의리가 있었거니와
나로 하여금 또한 위현성을[3] 생각케 하네.

曾聞諫院有題名。　　　今日茫然感愧生。
千古陽城高義在、　　　令人還憶魏玄成。

■

1) "뒷사람들이 하나하나 (역대 간관들의) 이름을 가리키면서, '아무개는 충
   성스러웠고 아무개는 간사했으며, 아무개는 정직했고 아무개는 정직하지
   못했다'고 할 것이다. 그러니 어찌 두렵지 않겠는가?"
   송나라 때 간원(諫院)에 역대 간관(諫官)의 이름을 돌에 새겼는데, 사마광
   (司馬光)이 〈간원제명기(諫院題名記)〉에서 이렇게 말했다.
2) 양성은 당나라 덕종(德宗) 때에 간의대부를 지냈는데, 명신 육지(陸贄)
   가 탄핵당할 때에 상소를 올려 배연령(裵延齡)이 간사하고 육지가 죄
   없다고 논하였다.
3) 당나라 태종 때의 재상인 위징(魏徵)의 자가 현성이다. 그도 태종에게 직
   간을 많이 했는데, 위징은 원래 태자 건성(建成)을 섬겨 태종을 제거하려
   다가, 도리어 태종에게 패하여 사로잡혔다. 태종은 그의 어짊을 알고 재
   상으로 삼았으며, 그가 죽은 뒤엔 손수 비문을 지어 비석을 세웠다. 그러
   나 위징에 대한 예전의 분하던 마음이 잠재해 있었다. 그 뒤에 위징이 추
   천한 두정륜과 후군집이 죄를 짓자, 태종은 그를 의심하고 자기가 세운
   비석까지 넘어뜨렸다. 그러나 고구려를 정벌하려다 실패하고서야 위징의
   옛말을 깨닫고는 즉시 사람을 보내어 위징에게 제사 지내고 비석도 다시
   세웠다.

정혜사의 호대선사를 보내면서 암(菴)자를 얻다

送定慧瑚大禪師得菴字

1.

기봉(機鋒)은[1] 중인 이상에 가차가 없거니와
도운(道韻)은[2] 북두 이남에 견줄 이가 없네.
우리 선사의 참다운 활계를 알려는가.
강바람 소나무 달 사이의 한 암자라오.

機鋒不借中人上。　　道韻難磨北斗南。
欲識吾師眞活計、　　江風松月一茅菴。

3.

예전에도 온 게 아닌데 지금 어찌 가는 것이랴.
우연히 북에서 왔다 다시 남으로 갈 뿐일세.
여러분들이여! 애써 배웅하지 말고
우선 내 말을 가지고 졸암에게 물어보소.

昔也非來今豈去、　　偶然從北却還南。
諸公不用勤相送、　　且擧吾言問拙菴。

■

1) 기(機)는 수행(修行)에 따라 얻은 심기(心機)를 가리키고, 봉(鋒)은 심기의
   날카로운 활용(活用)을 말한 것이니, 기봉은 곧 호대선사가 다른 사람을
   교도(敎導)할 때의 날카로운 활용을 뜻한다.
2) 도인의 정취를 말한다.

자신을 책망하다

自責

스스로 책망하노니, 이간의는[1]
사람됨이 후안무치하구나.
한림원의 직학사에다
사관의 편수관을 지내고,
더구나 지제고까지 역임하여
직임이 모두 청한하였건만,
시위소찬[2]을 부끄러워하지 않는데다
또 사직할 것도 생각지 않으니,
군자들은 더럽게 여겨 비웃고
소인들은 영광스럽게 여기는구나.
다만 가슴속 마음만은
슬픔과 기쁨을 잊은 지 이미 오래라오.

■

1) 목은이 30세 되던 1357년에 간의대부(종3품)에 임명되었다.
2) "지금 조정의 대신들 가운데 위로는 임금을 바로잡지 못하고 아래로는 백성들에게 아무 보탬도 되지 못한 채 오로지 자리만을 지키면서 봉록을 축내는[尸位素餐] 자들이 있으니, 공자께서 이르신 바 '비루한 자와는 더불어 임금을 섬길 수 없다'는 자이며, '총애를 잃을까 두려워하면 하지 않는 일이 없다'는 자입니다. 신에게 상방참마검(尙方斬馬劍)을 하사하시면 아첨꾼 신하 한 사람을 베어 그 나머지 무리를 징계하고자 합니다." -《한서(漢書)》〈주운전(朱雲傳)〉

自責李諫議、　　　爲人多厚顏。
翰林直學士、　　　史館編修官。
況復知制誥、　　　職任俱淸閑。
旣不愧尸祿、　　　又不思掛冠。
君子所鄙笑、　　　小人所榮觀。
只有方寸地、　　　久已忘悲歡。

우연히 읊다

偶吟

아무는 충성되고 아무는 거짓되다.
아무는 정직하고 아무는 간사하다.
아! 이 두어 마디 말이 크게 분명하여
천지를 뒤흔들어 바람과 번개를 불러오니,
눈으로 볼 수 있고 귀로 들을 수 있는데
보지 못하고 듣지 못하는 척하는 건 무슨 마음인가.
내 처음 간원 들어가 등에 땀이 흘렀지.
물의가 깊이 배척함을 부를까 염려하여,
헌릉의 대답은[1] 감히 꾀할 바 아니었고
눈썹을 그렸다는 탄핵도[2] 또한 비웃을 바 아니었네.

■

1) 헌릉은 당나라 고조의 능이다. 태종이 아내인 문덕왕후의 소릉(昭陵)을 바라보기 위해 원중(苑中)에 층관(層觀)을 지어 놓고, 위징과 함께 올라가서 소릉을 바라보았다. 위징이 바라보다가 "신은 눈이 어두워서 볼 수가 없습니다"라고 하자, 태종이 소릉을 손으로 가리키며 보여 주었다. 위징이 "신은 폐하께서 (아버지의 능인) 헌릉을 바라보시는 줄 알았습니다. 소릉은 신이 진작 보았습니다"라고 하자, 태종이 눈물을 흘리고 이내 그 층관을 헐어 버렸다. ─《신당서(新唐書)》권97〈위징열전〉
2) 한나라 경조윤(京兆尹) 장창(張敞)이 위의가 없었는데, 자기 아내를 위해 눈썹먹으로 눈썹을 그려 주기까지 하자 장안에 그 소문이 자자했다. 유사가 그 사실을 아뢰자, 임금이 장창에게 확인하였다. 그러자 장창이 이렇게 대답했다. "신이 들은 바에 의하면, 규방 안에서 부인과의 사사로운 일로는 눈썹을 그려준 것보다 더 지나친 일도 있었습니다."

몸을 던져 곧바로 뭇사람의 입을 맡아
시시비비에 관한 언로를 열려고 했건만,
끝내 한 가지 일도 시정에 보탬이 없었고
재상들은 삼태성같이 빛만 났었네.
손옹이 이익의 근원을 흐르도록 인도하자
제자들이 황하 같은 세력을 막으려고 했으니,
아! 나의 병이 어찌 하늘의 뜻이었으랴.
마땅히 화기를 길러 춘대에 올라야겠네.

某也忠某也詐、　　　某也直某也回。
於戱數語大明白、　　　振盪天地呼風雷。
有眼可見耳可聞、　　　如盲如聵何心哉。
我初入院汗流背、　　　恐招物議深摧排。
獻陵之對非所謀、　　　畫眉之劾非所哈。
橫身直欲當衆口、　　　是是非非言路開。
竟無一事補時政、　　　宰相赫赫明三台。
利源巽翁導之流、　　　諸子欲塞黃河來。
嗚呼我病豈天意、　　　當養和氣登春臺。

연말의 선사를 읊다
詠餽歲

군국(郡國)에서 세시(歲時)에 예물을 바치면
조정의 대성에서 그 권한을 가졌네.
분사의 재상도 혜택을 골고루 나누니
지방 수령과 낭관이 감히 홀로 먹으랴.
자줏빛 게와 붉은 새우에다 바다 기러기
산비둘기와 꿩에다 노루까지 갖추었네.
붉은 대문 집에선 편지만 공경히 받을 뿐이니
머나먼 역로에 먼지 날린 게 안타깝구나.

郡國歲時須禮物、   朝廷臺省執權綱。
分司宰相猶均惠、   作郡郎官敢獨嘗。
紫蟹紅蝦幷海鴈、   班鳩錦雉又林獐。
朱門不過書祗受、   可惜飛塵驛路長。

도중에

途中

달려가는 건 오직 내 말이요
흔들리는 건 오직 내 마음일세.
대지는 머나멀어 망망하고
한산 봉우리는 아득하구나.
내 평생 이 길을 가는 동안
세월은 어찌 그리 막힘이 없었는지.
지난 일 손꼽아 셀 수 있거니와
어려움은 모두 지금 몰려 있네.
예전에 내가 보았던 것들은
원근에 죽 늘어서 숲이 되었는데,
어찌 담담하게 빛이 없는지
너를 위해 슬픈 노래를 길게 부른다.

駸駸惟我馬、　　　搖搖惟我心。
茫茫大地遠、　　　渺渺韓山岑。
吾生涉此路、　　　歲月何侵尋。
屈指可歷數、　　　艱若叢在今。
舊時所見物、　　　遠近森成林。
胡爲淡無色、　　　爲爾長哀吟。

달을 읊다
詠月

1.

여덟 아홉 살 학당에서 배울 적에는
거울 같고 갈고리 같단 말 많이 외웠지.
중년에야 비로소 참 즐거움 알고 보니
금빛 약동하고 흰 구슬 잠긴 악양루일세.[1]

憶年八九學堂游。　　　似鏡如鉤誦不休。
中歲始知眞樂處、　　　躍金沉璧岳陽樓。

---

1) 아득한 연기 말끔히 걷히고
　　흰 달빛이 천리 비추니,
　　물 위에 뜬 달빛은 금빛 약동하고
　　고요한 달 그림자는 흰 구슬 가라앉았네.
　　長煙一空、皓月千里、浮光躍金、靜影沈璧。
　　- 범중엄 〈악양루기〉

마니산기행
摩尼山紀行

1. 새벽에 흥왕사에 들렀는데, 이날 금탑을 옮겼다
   (曉過興王寺是日移金塔)

보탑품을 이리저리 옮기면서
금선의 노래를 낭랑히 읊었네.
달린 데 없이 본디 허공에 떴는데
한나라 하직하며 눈물 줄줄 흘렸지.[1]
두 가지가 다 허탄해서
사람에게 깊은 탄식을 일으키네.
삼가 생각건대 문묘의[2] 뜻은
먼 후세에 좋은 계책 내린 것인데,
충신은 본디 임금을 사랑하지만
비밀스런 법술은 잘못된 것이 많네.
슬픈 구름이 새벽빛 가리며
산모퉁이에서 뭉게뭉게 일어나니,

■

1) 한나라 무제가 건장궁(建章宮)에 만들어 놓은 금선승로반(金仙承露盤)을
   위(魏)나라 명제(明帝)가 경초(景初) 원년(237)에 위나라 수도인 낙양으
   로 옮겼는데, 승로반을 뜯어낼 때에 엄청나게 큰 소리가 10리 밖까지 들
   렸고, 승로반을 수레에 실을 적에는 금선(金仙)이 눈물을 줄줄 흘렸다고
   한다. 당나라 시인 이하(李賀)가 〈금동선인사한가(金銅仙人辭漢歌)〉를 지
   었다.
2) 흥왕사를 지은 문종(文宗)을 가리킨다.

나그네 자주 머리를 돌리면서
말을 몰아 앞 언덕으로 올라가네.

流觀寶塔品、　　　　朗詠金仙歌。
浮空本無蔕、　　　　辭漢淚如波。
兩遙俱幻誕、　　　　令人發深嗟。
恭惟文廟意、　　　　燕翼垂不蠲。
忠臣固愛主、　　　　秘術多差訛。
悲雲擁曉色、　　　　鬱然輿山阿。
有客屢回首、　　　　驅馬登前坡。

2. 재궁에 차운하다2 (次韻齋宮 二首)

무릉은 무슨 일로 애써 신선을 구했나.[3]
이 봉래산 때문에 그러했던가.
산은 구름과 함께 떠서 절로 끝이 없고
바람은 배를 몰아 앞설 자가 없네.
금인의 한 방울 이슬이 소반에 떨어지고[4]

푸른 새는 바다 위 하늘을 외롭게 날았네.[5]
어떻게 하면 그대로 참성단에 제사하여
앉아서 사람마다 태평세월을 누리게 할까.

茂陵何事苦求仙。　　　祗是蓬萊亦或然。
山與雲浮自無際、　　　風吹船去莫能前。
金人一滴盤中露、　　　靑鳥孤飛海上天。
何似塹城修望秩、　　　坐令人享大平年。

5. 차운하여 산 위에서 짓다 (次韻山上作)

산하가 이같이 험준하니
장하기도 하구나, 우리나라여!
꼭대기에는 구름이 흐르고
벼랑에선 높은 고목을 굽어보네.
바람 맞으며 길게 휘파람 부니

■
　　모습을 20길 높이로 만들어 세웠다. 이 이슬에 옥가루를 타서 마시면 불
　　로장생할 수 있다고 해서 승로반을 만들었다.
5) 7월 7일에 갑자기 청조(靑鳥)가 궁전 앞에 날아 앉자, 동방삭이 말하기
　　를, "서왕모가 오려고 한다"했다. 잠시 후에 과연 서왕모가 오자, 청조
　　두 마리가 서왕모를 좌우에서 모셨다. -《한무고사(漢武故事)》
　　청조는 선녀인 서왕모의 사자이다.

울리는 소리가 바위 골짜기를 뒤흔드네.
소문의 놀이를[6] 잇고 싶으니
석수는[7] 지금 한창 푸르렀겠지.
해와 달은 두 수레바퀴 같고
우주는 한 칸의 집이니,
이 단이 천연으로 된 게 아니라면
정말 누가 쌓았는지 모르겠구나.
향 연기 오르자 별이 나직해지고
녹장(綠章)[8]이 들자 기운 막 엄숙해지네.
다만 신명의 보우에 보답할 뿐이지
어찌 스스로 복을 구해서이랴.

■

6) 진(晉)나라 때 완적(阮籍)이 소문산(蘇門山)에서 은사(隱士) 손등(孫登)을
   만나 여러 가지 이야기를 했는데, 손등은 한 마디도 응답하지 않았다. 그
   래서 완적이 길게 휘파람 불며 내려오다가 산 중턱쯤 내려왔을 때 산위에
   서 난(鸞)새나 봉(鳳)새 소리 같은 소리가 나는 것을 들었는데, 바로 손등
   의 휘파람 소리였다.
7) 선가(仙家)에서 500년 만에 한번 나온다고 하는 돌의 진액(津液)인데,
   이것을 복용하는 사람은 장수한다고 한다. 진(晉)나라 때 왕렬(王烈)이
   깊은 산에 들어갔다가 갈라진 바위 틈에서 석수를 채취해 먹고, 혜강
   (嵇康)에게도 조금 주었다.
8) 도사가 하늘에 제사지낼 때 청등지(青藤紙)에다 주사(朱砂)로 축문을
   썼다.

山河險如此、　　壯哉吾有國。
絶頂雲氣流、　　傾崖俯喬木。
臨風發長嘯、　　餘響振巖谷。
欲繼蘇門遊、　　石髓今正綠。
日月兩轂輪、　　宇宙一間屋。
此壇非天成、　　不知定誰築。
香升星爲低、　　章入氣初肅。
秖以答神貺、　　何曾自求福。

9. 전등사 (傳燈寺)

밀납신[9] 신고 산에 오르니 흥취 절로 맑은데
전등사 늙은 스님이 나의 행차를 이끄네.
창 밖의 먼 산들은 하늘 가에 벌여 있고
누각 밑의 긴 바람은 물결을 일으키네.
천문 역법은 오태사가[10] 까마득하고

■

9) 진(晉)나라 완부(阮孚)가 나막신에 밀을 칠해서 반들반들하게 만들어 신
　었다.
10) 고려 충렬왕 때의 태사였던 오윤부(伍允孚)를 가리킨다. 그는 대대로 태
　사국(太史局)에 벼슬하던 집안에 태어나 충렬왕 때에 판관후서사(判觀
　候署事)를 거친 뒤에 도첨의찬성사에 이르렀다. 그는 점복(占卜)과 후성

구름 연기는 삼랑성에[11] 참담한데,
정화궁주의 원당을[12] 누가 다시 세울는지
벽기(壁記)에[13] 쌓인 먼지가 내 마음을 아프게 하네.

蠟屐游山興自清。　　傳燈老釋道吾行。
窓間遠岫際天列、　　樓下長風吹浪生。
星歷蒼茫伍太史、　　雲烟慘淡三郎城。
貞和願幢誰更植、　　壁記塵昏傷客情。

■
　(候星)에 정통했으며, 공주가 궁실을 지을 때에는 반드시 그에게 택일을
　부탁하였다.
11) 전등사 둘레에 있는 성인데, 단군(檀君)이 세 아들을 시켜서 이 성을 쌓
　게 했다고 한다.
12) 당(幢)은 기(旗) 같은 것인데, 대개는 돌로 당간(幢竿)을 세워 기를 걸었
　다. 전등사의 원당(願幢)은 충렬왕의 원비(元妃)인 정화공주가 부처 앞
　에 발원하면서 공덕을 바치기 위해 세운 것이다. 정화공주가 충렬왕 8년
　(1282)에 승려 인기(印奇)에게 부탁해서 송나라 대장경을 인출하여 이 절
　에 보관하도록 하고, 옥등(玉燈)을 시주하였다. 그래서 절 이름을 전등사
　(傳燈寺)라고 고쳤다.
13) 시(詩)나 기문(記文) 같은 글들을 새겨서 벽에 걸은 현판을 가리킨다. 지
　금은 1749년에 세운 대조루(對潮樓) 안에 수많은 편액과 현판들이 걸려
　있다.

권5

牧隱
李穡

묘련사의 무외국사가 젓대를 잘 분다는 말을 듣고 남양 홍규가 스스로 젓대를 들고 방장에 들어가 청하자 국사가 그를 위해 두어 곡조를 불다

洪南陽奎聞妙蓮無畏國師善吹笛自袖中笒入方丈請之師爲作數弄

국사를 그 누가 적가(笛家)의 스승이라고 일렀던가.
아침에 손님을 만나 처음 한번 불었네.
사미에게[1] 알리노니, 괴이타고 놀라지 말라.
오묘한 도리는 그것과 무관하다네.

國師誰道笛家師。　　　見客朝來始一吹。
爲報沙彌莫驚怪、　　　此中消息不關伊。

<hr>

1) 불문에 들어가 머리를 깎고 십계(十戒)를 받기는 했지만, 아직 수행을 쌓지 않은 소년 중을 가리킨다.

달을 기다리다
待月

달을 기다려도 달은 나오지 않고
오래 섰노라니 하늘에 별만 많구나.
은하수는 씻은 듯 말끔하고
많은 집들은 소리 없이 고즈넉한데,
잠깐 사이에 은빛 물결 쏟아 부으니
바위 골짜기 어두운 그림자 모두 걷혔네.
맑은 구경이 그윽한 뜻에 맞으니
이 즐거움을 누구와 이야기하랴.

待月月未出、　　久立天星繁。
河漢淨如洗、　　萬家寂無喧。
須臾寫銀浪、　　岩谷收餘昏。
淸賞愜幽意、　　快哉誰與言。

대나무가 말라 죽었기에 탄식하다

竹枯歎

대나무를 내 몹시 사랑하니
대숲이 바로 내 집일세.
바람과 이슬에 죽순이 자라겠건만
번화한 서울에 나 지금 홀로 있네.
꿈 속에서 찾을 때마다
낭랑하게 패옥 소리가 들리네.[1]
산속 스님이 중생의 마음 꿰뚫어보고
비 맞으며 한 묶음 나누어 주기에,
반갑게 받아 곁에 심고 보니
예전 우리 집 대나무같이 푸르렀네.
울타리 밑에 흙이 곱고 부드러워
방금 멱감은 듯 윤기가 흐르네.
긴 바람이 구름을 불어 날리고
가을 더위가 또한 사나워지면,

---

1) 대나무를 옥(玉) 비슷한 돌, 즉 낭간(琅玕)에 비유하였으므로, 대숲의 바람
   소리를 낭간이 부딪치는 소리로 표현하였다.

마치 위나라 무공을 노래한 것같이
아름다운 기수 대나무를 읊으려 했지.[2]
어쩌다 소갈병을 앓아서
문득 상여의 자취를 이었는지.[3]
하늘 뜻은 아득하기만 하니
그 누가 내 의혹을 풀어주랴.

■

2) 저 기수 물굽이를 바라보니
   푸른 대나무 우거져 있네.
   빛나는 군자시여.
   깎고 다듬은 듯
   쪼고 간 듯하시네.
   의젓하고 당당하시며
   빛나고 훤하시니,
   아름다운 우리 군자를
   내내 잊을 수 없구나.
   -《시경》위풍〈기욱(淇澳)〉
   위나라 무공의 덕을 찬양한 노래인데, 위공은 나이 95세가 되어서도 늘
   자기 수양을 게을리 하지 않았고, 신하나 백성들에게 가르침 받고 고치기
   를 좋아하였다고 한다.
3) 소갈병은 지금의 당뇨인데, 한나라 문장가 사마상여(司馬相如)가 소갈병
   을 앓았다. 세상과 어울리지 못하는 문장가의 마음을 뜻하기도 한다.

竹吾愛之甚、　竹林是我屋。
風露筝應長、　京華我今獨。
每尚夢中尋、　琅琅聞佩玉。
山僧他心通、　帶雨分一束。
倒屐置座右、　依然舊時綠。
墻陰土脉密、　濯濯如新浴。
長風吹雲飛、　秋熱亦云酷。
謂言如衛公、　猗猗詠淇澳。
胡爲病消渴、　却繼相如躅。
天意杳茫茫、　誰能辨吾惑。

팔관회

八關

높고 화려한 단청집이 바람과 연기 위에 걸터앉아
예악을 닦아 밝힘이 전보다 더 호화롭구나.
전 위에 서린 용에게[1] 구름이 내리려 하고
뜨락의 백로 떼에겐[2] 옥이 서로 이어졌네.

■

* 팔관회는 우리 민족의 고유 민속신앙과 불교의 팔관재계(八關齋戒)가 습
합된 국가적인 행사인데, 특히 고려시대에 성행하였다. 팔관의 '관(關)'은
금한다는 뜻으로 살생·도둑질·음행 등의 여덟 가지 죄를 범하지 않는 것
이며, '재(齋)'는 하루 오전 중에 한 끼 먹고 오후에는 먹고 마시지 않으며
마음의 부정(不淨)을 맑히는 의식이고, '계(戒)'는 몸으로 짓는 허물과 그
릇됨을 방지하는 것이다.
고려시대 팔관회는 태조 원년(918) 11월부터 시작했으며, 943년에 발표
한 〈훈요십조〉에도 "내가 지극히 원한 것은 연등과 팔관이었다. (줄임) 팔
관은 천령(天靈)과 오악(五嶽) 명산대천과 용신(龍神)을 섬기기 때문이
다. 뒷날 간특한 신하가 가감(加減)을 건의해도 일체 금지해야 한다."라고
강조하였다.
그리하여 신라시대 팔관회에 지리도참사상을 더하고 조상제(祖上祭)의
성격을 표면화시켜 천하태평과 군신화합을 기원하는 민족적·호국적 연
중행사로 발전되었다. 고구려의 옛 풍습인 동맹을 불교식으로 전승한 것
이라 볼 수도 있다. 태조는 위봉루에 올라가 첫 번째 팔관회를 보면서, 팔
관회를 이름붙여 '부처를 공양하고 신을 즐겁게 하는 모임[供佛樂神之
會]'이라고 하였다. 서울인 개경에서는 11월 15일에 전후 3일 시행하였다.
대회 전날인 소회일(小會日)에는 왕이 법왕사로 행차하고, 궁중에서 하례
받았으며, 헌수(獻壽), 지방관리의 축하선물 봉정 및 가무백희(歌舞百戱)
등의 순서가 행해졌다. 대회일에는 외국 사신의 조하(朝賀)까지 받았다.
1) 전(殿) 위에 앉은 임금을 가리킨다.
2) 살찌고 억센

팔방서 바친 토산품은 산악보다 높고
한 심지 향불은 임금이 내리셨네.
모두들 올해엔 서기가 많다고들 하며
시신의 머리엔 고운 비단을 겹쳐 둘렀네.

岧嶤金碧跨風烟。　　禮樂修明更俯前。
殿上盤龍雲欲墜、　　庭中振鷺玉相聯。
八方壤奠高於嶽、　　一炷爐香降自天。
摠道今年多瑞氣、　　侍臣頭重錦華鮮。

■
　　네 마리 누런 말들이 달리네.
　　이른 아침부터 늦은 밤까지 관청 일을 보니
　　관청 일이 밝게 다스려지네.
　　훨훨 나는 백로 떼들이
　　날아가다가 내려 앉듯,
　　북소리 둥둥 울리는데
　　취하여 춤을 추니
　　모두들 즐거워라.
　　有駜有駜、　　駜彼乘黃。
　　夙夜在公、　　在公明明。
　　振振鷺、　　鷺于下。
　　鼓咽咽、醉言舞、于胥樂兮。
　　-《시경》노송 〈유필(有駜)〉
* 원문의 진로(振鷺)는 훨훨 나는 백로 떼인데, 이 시에서는 궁전 뜰의 만조
　백관을 가리킨다.

근심을 풀다

遣悶

임금의 밥을 먹고 임금의 옷을 입었으니
급한 때일수록 후세의 본보기가 되어야지.
사직의 액운은 백륙의 만남에 당하였으니[1]
전쟁이 계속되어[2] 지척도 멀기만 하네.
주린 까마귀는 날 저무는데 무엇을 먹으려는지
구름 너머 외기러기는 돌아갈 곳이 없네.
늙으신 어머님은 걱정 더욱 많으실테니
마음엔 다리가 없어도 집으로 달려가네.

食君之食衣君衣。　　倉卒須敎後世希。
社稷厄數百六會、　　干戈交鋒咫尺違。
飢烏落日欲何食、　　斷鴈寒雲無所歸。
老母定應憂更重、　　寸心無脛走庭闈。

■
1) 술가(術家)에서는 106년 동안에 한재(旱災)가 아홉 번씩 든다고 한다. 이 시에서는 액운을 만났다는 뜻으로 썼다.
2) 목은 30대에 왜구와 홍건적이 자주 쳐들어왔다.

권 6

牧隱
李穡

가련하구나
可憐哉三首

1.
가련하구나! 이 몸이여.
작고 못생긴데다 볼품도 없구나.
내 스스로 보아도 싫증이 나니
이 때문에 남들이 모두 비웃겠지.
일어나고 앉는 동작이 법도에 맞지 않고
말할 때마다 어긋난 것이 몹시도 많아,
오히려 키 작은 안자가¹⁾ 되길 기대한다네
고상한 풍도가 천고에 드물었지.

可憐哉此身、　　矮陋無容儀。
自觀尙可厭、　　所以人共譏。
興俯不中式、　　語言每多違。
尙企晏子短、　　高風千載希。

---

1) 춘추시대 제나라 재상이었던 안영(晏嬰)을 가리키는데, 어진 재상으로 이름났지만 키가 아주 작았다.

팔선궁을 참배하다
拜八仙宮

돌길을 빙빙 돌아 산마루에 오르니
팔선의 궁관[1]이 신주를 굽어보네.
처자의 소원 들어주러 한 번 왔지만
두 번 절하자 사직의 걱정이 일어나네.
꼭대기 구름과 연기 속에 아침 해가 비치고
큰 소나무 비바람에 반공은 가을일세.
종들 땀 흘리게 하며 가마 타고 편히 와서
음복하느라 거나해지자 흥을 이기지 못하겠네.

■
1) 묘청이 왕에게 권하여 임원궁성(林原宮城)을 축성하고 궁중에 팔성당(八
聖堂)을 설치했는데, 팔성은 다음과 같다. 첫째는 호국 백두악 태백선인
이니, 실체는 문수보살이다. 둘째는 용위악 육통존자이니, 실체는 석가불
이다. 셋째는 월성악 천선이니, 실체는 대변천신이다. 넷째는 (고)구려 평
양선인이니, 실체는 연등불이다. 다섯째는 구려 목멱선인이니, 실체는 비
파시불이다. 여섯째는 송악 진주거사이니, 실체는 금강색보살이다. 일곱
째는 증성악 신인이니, 실체는 늑차천왕이다. 여덟째는 두악천녀이니, 실
체는 부동 우파이다. 모두 화상을 설치하였다. (줄임) 정지상이 축문을
지었는데, "(줄임) 이제 평양의 중앙에서 이 대화(大華)의 지세를 선택하
여 궁궐을 신축하고 음양에 순응하여 팔선(八仙)을 그 사이에 안치한다."
-《고려사》〈묘청열전〉

石路縈回到上頭。　　八仙宮觀俯神州。
一來只塞妻孥願、　　再拜翻興社稷憂。
絕頂雲烟初日曙、　　長松風雨半空秋。
僕夫流汗局輿穩、　　飲福微酣興未收。

손님을 보내고 나서 쓰다
送客記事

가난한 집이 아주 깊고도 외져
손님이 찾아온 적도 또한 드물었지.
기꺼이 옛일을 이야기하려
참다운 마음 드러나는데,
찬바람이 마루에서 불어와
얼음 눈이 의관에 반짝이네.
추위 참는게 좋은 계책은 아니니
참으로 기미를 알아 떠나려 하는구나.
손님을 붙잡으려도 술이 없기에
마당에 나가서 손님을 배웅했네.
부끄런 마음으로 방에 들어와
머리 숙이고 한숨만 내쉴 밖에.

貧居頗幽僻、　　客來亦云稀。
欣然欲話舊、　　眞情將發揮。
寒風吹虛廳、　　氷雪耀冠衣。
忍凍非善策、　　欲去誠知幾。
留之又無酒、　　送之出我畿。
懷慙旋入室、　　俯首從歔欷。

느낌이 있어 한 수를 읊다

有感一首

1.

공자를 내고 또 여서를 내었으니[1]
푸른 하늘은 정말 무슨 마음이었나.
맹자를 내고 또 장창을 내었으니[2]

■

1) 공자가 (노나라) 정치를 맡은 지 3개월이 지나자 양과 돼지를 파는 사람들
이 값을 속이지 않았다. 남녀가 길을 갈 때에 따로 걸었으며, 길에 떨어진
물건을 주워가는 사람도 없어졌다. 사방에서 고을에 찾아오는 나그네도
관리에게 허가를 받을 필요가 없었고, 모두 잘 접대해서 만족해하며 돌아
가게 하였다.
　제나라 사람들이 이 소문을 듣고 두려워하며 말하였다. "공자가 정치를
하면 노나라가 반드시 패권을 잡을 것이다. 노나라가 패권을 잡게 되면
우리 땅이 가까우니, 우리가 먼저 병합될 것이다. 그런데도 왜 먼저 약간
의 땅을 노나라에 내주지 않는가?" 그러자 여서(黎鉏)가 제나라 왕에게
말하였다. "먼저 시험 삼아 (노나라의 선정을) 방해해보시기 바랍니다. 방
해해보아도 되지 않으면 그때 가서 땅을 내놓아도 늦지 않을 것입니다."
－《사기》권47〈공자세가〉
2) 노나라 평공이 외출하려는데, 장창이란 애첩이 물었다.
　"예전에 임금님께서 외출하실 때에는 반드시 유사에게 갈 곳을 말씀하셨
는데, 오늘은 수레에다 이미 말까지 매어 놓고도 유사가 갈 곳을 모르고
있습니다. 어디로 가시렵니까?"
　"맹자를 만나려는 것이다."
　"무슨 말씀이십니까? 임금님께서 자신을 가볍게 여기시고 필부를 먼저
찾아가시다니, 그를 현명하게 여기시기 때문입니까? 예의는 현자에게서
나오는 법인데, 맹자가 나중에 죽은 어머니의 장례식을 먼저 죽은 아버지
의 장례식보다 훌륭하게 치른 사실을 임금님께선 모르십니까?"
　"그러면 안 가겠다." (줄임)
　(맹자의 제자인) 악정자가 맹자를 뵙고 말했다.

옛날을 보면 지금을 보는 것 같네.
당시에는 의기가 몹시 성해서
임금과 신하가 서로 화락했는데,
적적하구나! 천년 뒤에는
누가 다시 남긴 덕음을 들어보랴.
구름 안개 자욱한 거친 언덕에
나그네 슬픈 노래가 절로 나오네.

生孔生犁鋤、　　　蒼天定何心。
生孟生臧倉、　　　視古猶視今。
當時意氣盛、　　　君臣如鼓琴。
寂寂千載下、　　　誰復聞遺音。
荒丘靄煙日、　　　過者動哀吟。

■
"제가 임금님께 말씀드려 오늘 임금님께서 만나러 오시기로 했었는데, 장창이란 애첩이 임금님을 막았습니다. 그래서 임금님께서 오시지 못했습니다."
"가게 되려면 가게 해주는 사람도 있고, 멈추게 되려면 막는 사람도 있다. 그러나 가고 멈추는 것이 사람의 마음대로 되는 것은 아니다. 내가 노나라 임금을 만나지 못한 것은 하늘의 뜻이다. 장씨의 딸이 어찌 나를 만나지 못하게 할 수 있겠느냐?" -《맹자》〈양혜왕 하〉

권7

牧隱
李穡

한나라 역사를 읽고
讀漢史

우리 도는¹⁾혼미한 적이 아주 많았으니
선비라면서 모두 다 겉만 꾸몄네.
양웅은 꽤 적막한 척했고²⁾
호광도 중용을 자처했었지.³⁾

■

1) 나의 도는 충서(忠恕)라는 한 가지로 설명할 수 있다[吾道一以貫之, 忠恕
而已] -《논어》
공자가 이렇게 말한 뒤부터 유가의 도를 오도(吾道)라고도 말했다.

2) 양웅은 초기에 같이 벼슬하던 왕망(王莽)이나 유흠(劉歆)이 크게 출세했
으나 자신은 그렇게 되지 못하자, 이에 대해 권신(權臣)에게 의지하지도
않고, 권세를 추구하지도 않아, 스스로 적막으로 덕을 지키느라 그런 것
이라고 변명했다. "나는 조용히 나의《태현경》이나 지킬 뿐이다."라고 하
였다. 그러나 뒤에 양웅은 왕망 밑에서도 벼슬했고, 죄에 걸려 체포당하
자 높은 누각에서 떨어져 죽었다. 이를 두고 사람들은 "적막은 누각에서
떨어져 죽는 것[投閣]"이라고 풍자했다고 한다.

3)《후한서(後漢書)》〈호광전(胡廣傳)〉에 의하면, 호광은 충직함이 있는 것은
아니었으나 기회를 잘 만나 삼공(三公)을 역임했는데, 일을 처리하면서
스스로는 중용(中庸)의 도로써 한다고 했다. 당시에는 "일이 안되면 백시
(伯始)에게 물어보라. 세상에 중용을 아는 사람은 호공(胡公) 밖에 없다"
는 말이 나돌 정도였다. 백시는 호광의 자이다.
그러나 그가 실제로 중용만 내세운 것은 아니다. 그는 이고(李固)·월계
(越戒) 등 다른 신하들과 함께 청하왕(清河王) 산(蒜)이 덕이 밝고 가장
가까운 핏줄이므로 후사로 세우자고 주장했는데, 양기(梁冀)가 크게 위협
하자 대장군령(大將軍令)이라 하면서 철회하였다. 이고와 다른 신하들은
본래 의견을 고집하다가 죽게 되었는데, 이고가 호광에게 꾸짖는 편지를
보내자 호광이 크게 탄식하면서 눈물을 흘렸다.

육경을[4] 끝내 어디다 쓰랴
삼장조차[5] 결국 안 좇았으니.
유유하게 천년이 지난 뒤지만
제갈공명 와룡선생이[6] 다시 그립네.

吾道多迷晦、　　　儒冠摠冶容。
子雲殊寂寞、　　　伯始自中庸。
六籍終安用、　　　三章竟不從。
悠悠千載下、　　　重憶孔明龍。

■
4) 유가의 기본적인 경전인데 역(易)·시(詩)·서(書)·춘추(春秋)·예(禮)·악
(樂), 또는 역(易)·서(書)·시(詩)·주례(周禮)·예기(禮記)·춘추(春秋)를
가리킨다.
5) 부로(父老)와 약속하노니, 법은 3장 뿐이다. -《사기》〈고조본기(高祖本
紀)〉
한나라 고조가 진나라를 멸하고 인심을 바로잡기 위해, 진나라 법을 모두
없애고 3장만 남겼다. "남을 죽인 자는 죽이고, 남을 해친 사람과 도둑질
한 사람은 그에 대한 죄로 다스린다."는 세 가지 법조문만 쓰겠다고 약속
한 것이다.
6) 공명룡(孔明龍)은 제갈공명과 와룡(臥龍)을 합한 말이다. 공명은 제갈량
(諸亮)의 자이고, 와룡은 서서(徐庶)가 유비에게 제갈량을 천거하면서
"숨어 있는 용"이라고 표현한 데서 나온 말이다.

잊은 것을 쓰다
記忘

베갯머리에서 한두 연을 읊어 이뤘다가
등불 켜고 쓰려 하자 문득 아득해지네.
총명은 절로 세월과 함께 사라져 가건만
흥미는 오히려 도력과 아울러 온전해지네.
양한의 문장은 누가 혼자 아름다웠으랴
삼한의 인물 가운데 가장 현인이 많았네.
애오라지 등불 앞에서 염려하는 뜻으로
이불 덮고 크게 읊을진저! 먼 하늘까지 울리게.

枕上哦成一二聯。　　呼燈欲筆却茫然。
聰明自與年光逝、　　興味猶兼道力全。
兩漢文章誰獨美、　　三韓人物最多賢。
聊將耿耿燈前意、　　擁被高吟動遠天。

옛뜻 3장이니 장마다 4구이다
古意 三章章四句

1.

닭이 이미 울어서 동방이 밝아졌으니
어서 떨치고 나가 오리와 기러길 잡아야지.[1]
누구를 생각하는가. 저 서방 미인일세.[2]
혹 속히 데려오려면 얼음 녹기 전이라야지.[3]

■
1) 아내는 "닭이 우네요" 하고
   남편은 "아직 날이 안 밝았을 텐데."
   "당신 일어나서 밖을 보셔요.
   샛별이 벌써부터 반짝이네요."
   "들판에 나가 이리 저리 다니면서
   들오리나 기러기도 쏠 수 있겠군."
   -『시경』정풍 〈여왈계명(女曰鷄鳴)〉
   어진 부부가 '혹시라도 안일함에 빠져서 일을 폐하게 될까' 서로 경계하
   는 노래이다.
2) 산에는 개암나무가 있고
   진펄엔 감초가 있네.
   누구를 생각하나.
   서방의 미인이로다.
   저 미인이시여!
   서방에 계신 분이로다.
   -『시경』패풍「간혜(簡兮)」
   관청 일을 마치고 관리들이 모여서 춤을 추는 모습의 시이다. 이렇듯 태평
   스럽게 춤을 출 수 있는 것도 모두 임금님의 은혜이기에, 춤을 추면서도
   임금님을 생각했던 것이다.
3) 기럭기럭 기러기가 울며 가고
   환하게 아침 햇살이 비치네.

鷄旣鳴矣東方明、　　　將翶將翔弋鳧鴈。
云誰之思彼美人、　　　或遄其歸氷來泮。

총각이 장가들려면
얼음이 다 녹기 전에 해야지.
뱃사공이 손짓하여
남들은 물을 건너도 나는 안 가네.
남들이 건너도 내가 안 가는 것은
내 벗을 기다리기 때문이라네.
－『시경』패풍 「포유고엽(匏有苦葉)」
주자는 음란함을 풍자한 시라고 했지만, 꿩·기러기·얼음·강물 등의 비유
를 분석해보면 결혼을 노래한 시라고 생각된다.

즉사

卽事

목은선생이 병으로 한가함 얻어
사립문이 있다지만 항상 닫아 두었네.
맑은 술동이 속에 세월을 거두어 담고
흰 벽 사이에 강산을 옮겨 왔네.
솔언덕의 저문 비는 그림을 펼친 듯하고
골짜기 차가운 샘물은 패옥이 떨어지는데,
조물주 시킨 득실을 끝내 저버리지 않고
청아한 일 다 가져다 쇠한 몰골을 달래네.

牧隱先生病得閑。　　柴門雖設却常關。
牢籠歲月淸樽裏、　　搬運江山素壁間。
松坡晚雨披圖畫、　　石磵寒泉落佩環。
造物乘除終不負、　　盡將淸事慰衰顏。

느낌이 있어 읊다

有感

1.

시 읊을 때 오묘한 곳을 스스로 말하기 어려워
비점과 기평으로 근원을 밝히는데,
두어 봉우리 푸른 산과 시냇물 한 굽이
대울타리 띠집에 버들이 문 앞에 서 있구나.

哦詩妙處自難言。　　　批點譏評欲透源。
數朶青山溪一曲、　　　竹籬茅屋柳當門。

2.

시서(詩書)는 잔결된 지 이미 오래다지만
진나라 잿더미가¹⁾ 꺼졌다 다시 살아날 줄이야 누가 알았으랴.
복과 화는 본래부터 하늘이 정한 것이니
백발의 이 시인은 병만 안고 있다네.

詩書殘缺已多年。　　　誰料秦灰死復然。
福禍由來天所定、　　　白頭詞客抱沉綿。

■

1) 진시황(秦始皇) 때에 천하의 경적(經籍)을 다 불태워 잿더미로 만들었지
   만, 결국은 다시 살아났다는 뜻이다.

술에 취해 스스로 읊다

醉中自詠

1.

화창한 봄날 경치가 천만리에 펼쳤는데
늙고 시든 나그네 흥취는 두세 잔 술이로세.
어찌 학 타고 양주를 갈 필요 있으랴.[1]
갑자기 새 시 얻으니 절로 환골탈태하였네.

駘蕩春光千萬里、　　　龍鍾客興兩三杯。
何須駕鶴楊州去、　　　忽得新詩自奪胎。

■

1) 양주는 중국의 번화한 고을이다. 옛날 몇 사람이 모여 각자 자기의 소원을
   말했는데, 한 사람은 "양주 자사가 되고 싶다" 하였고, 또 한 사람은 "재
   물을 많이 모으고 싶다" 하였으며, 다른 한 사람은 "학을 타고 하늘에 올
   라가고 싶다" 하였다. 그러자 또 한 사람이 "십만 관의 돈을 허리에 두르
   고 학 위에 올라타 양주로 가고 싶다" 하였다.

즉사

卽事

3.

꿈속같이 유유하게 또 봄을 만나니
세상 사람들은 부질없이 머리 세는 걸 한탄하는데,
목옹은 앓고 일어났더니 시가 더욱 잘 지어져
붓 끝에 바람 일며 신이 붙은 듯하구나.

夢裏悠悠又一春。　　　世人空歎白頭新。
牧翁病起能詩甚、　　　下筆風生似有神。

혼자 있는 밤
獨夜 八首

1.

처자식은 경치 좋은 데 놀러 나가고
늙고 병든 나만 가난한 집 지키노라니,
아직도 정신 맑음이 기쁘구나
이와 머리털은 성글건 말건.
평생을 이렇게 지내다 보면
마지막에는 정녕 어찌 되려나.
기억나노니, 스님 죽을 얻어먹을 적엔
연기와 노을 속에 목어¹⁾가 움직였지.

婦兒游勝境、　　　老病守窮廬。
尚喜精神秀、　　　從敎齒髮疎。
平生聊爾耳、　　　畢竟定何如。
記得隨僧粥、　　　烟霞動木魚。

■
1) 밤낮 눈을 뜨고 있는 물고기같이 오로지 불도(佛道)만 생각하고 수행하라
   는 뜻으로 불가에서 만든 물고기 형상이다. 두 종류가 있는데, 둥근 모양
   은 불경을 외우거나 예불을 드릴 때 두드리고, 긴 모양은 승려들이 음식
   을 먹을 때나 집회가 있을 때 두드린다.

4.

어젯밤 날아온 흰 구름은
만리 밖에서 왔을 텐데,
오늘 아침에 붉은 해가 나오자
문득 사방 산으로 날아갔네.
그림자가 있어도 누가 짝하랴
무심하기론 세상에 드문 것일세.
흘러가는 구름을 보고 있노라니
그것만으로도 벌써 기심2)을 잊었네.

昨夜白雲來、　　　　應從萬里歸。
今朝紅日出、　　　　却向四山飛。
有影誰能伴、　　　　無心世所稀。
看渠卷舒處、　　　　祗是早忘機。

■
2) 바닷가에서 갈매기를 좋아하는 이가 살고 있었다. 매일 아침 바닷가에 나
  가서 갈매기들과 같이 놀았는데, 놀러 오는 갈매기가 백 마리도 넘었다.
  어느 날 그의 아버지가 말했다.
  "내 들으니 갈매기가 모두 너와 더불어 논다는구나. 네가 한 마리만 잡아
  오너라. 내 그걸 갖고 장난하고 싶으니."
  그 다음날 바닷가에 나가 보니 갈매기들은 하늘에서 맴돌 뿐 내려오지 않
  았다. -《열자》〈황제〉편
  남을 해치려는 마음이 바로 기심(機心)이다.

백설기를 읊다

詠雪糕

몇 년 사이에 늙은 목은이 비린 것을 싫어해
맑고 차가운 것만 가지고 성령을 길렀지.
옥 기름이 흰 달처럼 뭉쳐진 게 이미 좋지만
옥가루가 하늘에서 떨어졌나 의심도 나네.
버들개지보다 가벼워 자리엔 바람이 일고
매화같이 차가운데 물은 병에 가득하네.
손때도 묻지 않고 자연으로 된 게 가장 좋기에
배불리 먹고 졸려서 창가에 앉았네.

年來老牧厭羶腥。　　　但把淸寒養性靈。
已喜瓊膏團素月、　　却疑玉屑落靑冥。
輕於柳絮風生座、　　冷似梅花水滿瓶。
最愛天成無手澤、　　飽餘和睡倚窓櫺。

스스로 난도(亂道)를 읽고 느낌이 있어 읊다
自讀亂道有感

장년 시절엔 미친 마음으로 공 세우길 좋아하여
당시에 혁혁하게 뭇 영웅들을 물리쳤지.
시서와 예악은 나라를 일으킨 뒤인데
강산의 풍월이 난도(亂道)[1] 가운데 들어왔네.
늙어가는 이 마음은 하늘이 알고 있으니
늙고 병든 신세로 하루 또 하룰세.
무릉의 유초[2] 구하기를 기대할 수 없으니
자손에게 남겨 주어 할아비나 배우게 하리.

■
1) 도리에 어긋난 망언(妄言)을 가리키는데, 자기가 지은 시문(詩文)을 겸손히 이를 때에도 쓴다.
2) 사마상여가 병 때문에 관직에서 물러나 무릉의 집에 살고 있었다. 그러자 천자가 다음과 같이 말하였다.
"사마상여가 병이 중하다고 하니, 그의 집으로 가서 그가 가지고 있는 책을 모두 가져오는 것이 좋겠다. 그렇게 하지 않으면 이 뒤에 잃어버릴 것이 분명하다."
그리고는 소충(所忠)이라는 자를 시켜 상여의 집에 가보도록 명하였다. 그러나 소충이 그의 집에 도착해 보니 상여는 이미 죽었고, 집에는 남아 있는 책이 없었다. 소충이 상여의 아내에게 그 까닭을 묻자, 그 아내가 이렇게 대답했다.

壯歲狂懷慕立功。　　當時赫赫走群雄。
詩書禮樂重興後、　　風月江山亂道中。
老去情懷天在上、　　病餘身世日生東。
茂陵未必求遺草、　　留與兒孫學乃翁。

■

"장경은 본래부터 책을 가지고 있지 않았습니다. 그는 때때로 책을 짓기도 했지만, 그때마다 다른 사람들이 가져갔기 때문에 아무런 책도 가지고 있을 수가 없었습니다. 그런데 장경이 죽기 전에 책 한 권을 짓고서 말하기를, '천자의 사자가 와서 책을 찾거든 이 책을 바치도록 하여달라'고 하였습니다. 그밖에는 다른 책이 없습니다."

상여가 남긴 책은 봉선(封禪)에 관한 일을 적은 것이었다. 상여의 아내는 그 책을 소충에게 바쳤고, 소충은 그 책을 천자에게 바쳤다. 천자는 그 책을 받아보고 크게 이채롭게 생각하였다. -《사기》〈사마상여열전〉

권 8

牧隱
李穡

옛일에 느낌이 있어 읊다

感舊

내 젊어 뜻이 클 땐 〈원유부(遠遊賦)〉를 지었는데[1]
말로가 아득하니 몹시도 노쇠했구나.
오늘 어찌 내일의 일을 알 수 있으랴
늙어가면서 소년 시절 시를 많이 고치네.
푸른 적삼 다 젖은 건 백거이가 생각나고[2]
미인들이 돌아온 건 두목지가 생각나네.[3]

■
1) 모두 앉아서 술잔 멈추고
   내가 부르는 〈원유편〉을 들어보게나.
   擧坐且停酒、   聽我歌遠遊。
   -《주자대전(朱子大全)》〈원유편(遠遊篇)〉
2) 그 가운데 눈물을 누가 많이 흘렸나
   강주사마는 푸른 적삼이 다 젖었다오.
   就中泣下誰最多、   江州司馬青衫濕。
   - 백거이 〈비파행(琵琶行)〉
   당나라 현종 때 백거이가 강주사마로 좌천되어 갔다가, 그곳에서 한 창기
   를 만나 만년의 비참한 처지를 듣고 눈물 흘리며 이 시를 지었다.
3) 화려한 집에서 오늘 아름다운 잔치 열었는데
   그 누가 분사 어사를 불러오게 하였는가.
   우연히 미친 말로 온 좌중을 놀라니
   세 줄의 미인들이 한꺼번에 돌아오네.
   華堂今日綺筵開。   誰喚分司御史來。
   偶發狂言驚滿座、   三行粉面一時回。
   - 두목 〈병부상서의 연석에서 지은 시〉

사욕이 한 점 없이 사라진 걸 기뻐하노니
구하는 곳에 스승이 있는 줄 비로소 알겠네.

遠遊曾賦我狂時。　　末路悠悠甚矣衰。
今日安知明日事、　　老年多改少年詩。
靑衫濕盡思居易、　　紅粉回餘憶牧之。
已喜消磨無一點、　　始知求處有餘師。

■
* 목지(牧之)는 당나라 시인 두목(杜牧)의 자이다.

잃을 것이 없다
— 지상인(持上人)을 위하여 짓다

無失爲持上人題

본디 가질 것이 없으니 무엇을 잃으랴.
가지고 잃는 것이 있어 도리어 어지럽네.
두타의 웃음을 아무도 알아들을 이 없어[1]
한 조각 강산만 눈앞에 가득하구나.

本不可持何可失、　　　有持有失却紛然。
無人領得頭陀笑、　　　一片江山滿眼前。

■

1) 석가가 영취산에 있을 때 어느 날 천화(天華)를 들어 여러 사람들에게 보
   였지만 아무도 그 뜻을 알지 못했는데, 석가의 10대 제자 가운데 두타제
   일(頭陀第一)인 마하가섭(摩訶迦葉)만이 그 뜻을 깨닫고 미소를 지었다.

느낌이 있어 읊다

有感

시가 사람을 궁하게 하는 게 아니라
궁한 사람이라야 시가 공교해지네.
나의 도는 지금 세상과 달라
애써 자연의 원기를 찾노라면,
얼음과 눈이 살과 뼈를 찔러도
환연히 내 마음 즐거우니,
비로소 믿겠구나! 옛사람 말에
빼어난 시구가 궁한 데서 나온다고 했지.
화평하면 밝은 해가 빛나고
참혹하면 슬픈 바람이 생겨,
보는데 따라 정이 절로 움직이니
힘써서 그 가운데를 구할 것이라.
갑자기 중도를 잡기는 어려우니
군자는 마땅히 공부에 힘쓸진저.

非詩能窮人、　　窮者詩乃工。
我道異今世、　　苦意搜鴻濛。
氷雪砭肌骨、　　歡然心自融。
始信古人語、　　秀句在覉窮。
和平麗白日、　　慘刻生悲風。
觸目情自動、　　庶以求厥中。
厥中難造次、　　君子當用功。

역사를 읽고 읊다
讀史 三首

1.

하늘이 인물을 내신 건 시국을 바로잡기 위함이라
큰 재주나 잔재주도 각각 쓰임이 있어,
해와 달이 환히 빛날 땐 아송(雅頌)을 일으키고
바람과 번개 뒤흔들 땐 화이(華夷)를 소탕하네.
간악한 자는 벼슬 팔고도 마음에 부족하고
올바른 이는 집에 있어도 즐거움 절로 나네.
문득 기쁘기는 늦게 난 게 도리어 흥미 있고
조정에 폐단 없어 서로 화락함일세.

天生人物擬匡時。　　曲藝長才各有施。
日月光輝與雅頌、　　風雷震蕩掃華夷。
老奸鬻爵心難足、　　方正居家樂自頤。
却喜晚生還有味、　　朝廷無弊政熙熙。

두보의 시를 읽고
讀杜詩

금리선생을 어찌 가난타고 하랴[1]
두곡의[2] 뽕밭 삼밭에[3] 또다시 봄이 돌아왔네.
발을 걸고 약 지으니[4] 몸에는 병 없었고
바둑판 그리고 낚시바늘 만드는[5] 뜻이 새삼 참되었지.

■

* 금리(錦里)는 사천성 성도현(成都縣) 서남쪽에 있는 금관성(錦官城)을 말
  하는데, 두보가 그곳에 살면서 스스로 금리선생이라고 하였다.
1) 금리선생이 오각건을 쓰고
   동산에서 토란과 밤을 주우니 아주 가난치는 않네.
   錦里先生烏角巾、　　園收芋栗未全貧。
   - 두보 〈남린(南隣)〉
2) 섬서성 장안현 동쪽의 소릉원(少陵原) 동남쪽에 있던 마을인데, 당나라 때
   에 두씨들이 살았다. 두보가 이곳에 살았기에, 호를 소릉(少陵)이라고 하
   였다. 그가 즐겨 쓴 두릉포의(杜陵布衣)나 소릉야로(少陵野老)라는 말도
   이 마을 이름에서 나왔다.
3) 스스로 결단한 생애를 하늘에 물을 것 없으니
   두곡에 다행히도 뽕밭 삼밭이 있네.
   自斷此生休問天、　　杜曲幸有桑麻田。
   - 두보 〈곡강(曲江)〉
4) 발을 걸고 보니 자던 해오라기 깨어 일어나고
   환약을 만드노라니 꾀꼬리가 지저귀네.
   鉤簾宿鷺起、　　　　丸藥流鶯轉。
   - 두보 〈수각조제봉간엄운안(水閣朝霽奉簡嚴雲安)〉
5) 늙은 아내는 종이에 그려 바둑판을 만들고
   어린 아이는 바늘을 두드려 낚시바늘을 만드네.
   老妻畫紙爲棋局、　　稚子敲針作釣鉤。
   - 두보 〈강촌(江村)〉

우연히 난리 만나자 절의를 더했으니
병들고 늙었다고 정신이야 꺾였으랴.
고금의 절창을 그 누가 뒤이으랴
남은 향기와 남은 기름을 후인에게 끼쳤네.[6]

錦里先生豈是貧。　　桑麻杜曲又回春。
鉤簾丸藥身無病、　　畫紙敲針意更眞。
偶值亂離增節義、　　肯因衰老損精神。
古今絶唱誰能繼、　　滕馥殘膏丐後人。

■

6) 두보는 다른 사람이 부족한 것을 넉넉하게 갖추어서, 그의 유풍 여향이 후
   인에게 도움을 준 것이 많았다. -《당서(唐書)》〈두보전(杜甫傳)〉찬(贊).

권 9

牧隱
李穡

윤절간의 시에 차운하다

次倫絶磵韻

1.

사람과 하늘이 경례 드리며 자엄(慈嚴)을 우러러볼 때[1]
허공을 둥글게 감싸며 섬세한 이치 분석했네.
반드시 알아야 하노니, 아난이 막 자취 보일 때
마등가의 요술이 어찌 먹혀 들었으랴.[2]

人天圍繞仰慈嚴。　　　圓裹虛空剖至纖。
須識阿難方示迹、　　　摩騰祅術豈容談。

2.

열반은 끝에 있고 화엄이 시작이라
불교의 원류가 크고 작은 이치를 다 아울렀네.
그 당시 부처의 음성이 아직도 귀에 있건만
홀연히 잃어버리니 문득 말하기 어렵구나.

涅槃居末始華嚴。　　　藏教源流盡鉅纖。
當日梵音如在耳、　　　忽然迷失却難談。

■

1) 자엄은 부처를 가리키니, 모든 중생들이 부처를 옹위하여 경례드린다
　 는 뜻이다.
2) 아난은 석가의 십대 제자 가운데 한 사람인 다문제일(多聞第一)인데, 사악
　 한 여인 마등가가 그의 딸 발길제(鉢吉帝)를 위해 요술로써 아난을 미혹
　 시켜 음란하게 하려고 하자, 석가가 신주(神呪)를 설하여 아난을 구했다.

얼음을 반사(頒賜)하는데 회포가 있어 짓다
有懷頒氷 三首

1.

여섯 해 길게 병석에 누웠노라니
얼음을 받지 못한 지 오래 되었네.
차가운 기운이 삼복을 눌렀으니
얼음창고가¹⁾ 몇 층이나 되었을까.
마음속은 불이 활활 타는 듯하고
귀밑가엔 서리가 덮었는데,
옛우물 두레박 물이 얼음같이 차가워
오이 띄우는 건 내가 잘했지.²⁾

六年長臥病、　　久矣不頒氷。
寒氣制三伏、　　凌陰知幾層。
心中如火烈、　　鬢上有霜凝。
古井銀瓶凍、　　浮瓜是我能。

일본을 유람하고 불법을 구하러 강남으로 가는 조계(曹溪)의 대선(大選)[1] 자휴(自休)를 보내다

送曹溪大選自休游日因往江南求法

1.

신라의 스님이 일본을 향해 갔다가
또 중원에 가서 조주[2]를 찾으려 하네.
결국 마음에서 찾아야 하건만
소림사 눈보라만 공연히 머리에 맞네.[3]

新羅僧向扶桑去、　　　又道中原訪趙州。
畢竟只從心上覓、　　　少林飛雪謾蒙頭。

■
1) 승과(僧科)에 합격한 승려에게 국가에서 법계(法階)를 내렸는데, 제1계인 대선(大選)에서부터 대덕(大德), 대사(大師), 중대사(中大師), 삼중대사(三重大師)까지는 선종과 교종이 같았다. 그 위에 선종에서는 선사(禪師), 대선사(大禪師)라 하고, 교종에서는 수좌(首座), 승통(僧統)이라고 하였다. 대선은 승과(僧科)에 막 합격한 승려의 초급 법계이다.
2) 당나라의 고승으로, 강남 지방에서 교화를 크게 떨쳤다.
3) 선종(禪宗)의 제2조(第二祖)인 혜가(慧可)가 일찍이 숭산(嵩山)의 소림사로 달마선사(達摩禪師)를 찾아가 눈이 내리는 마당에 앉아서 가르침을 청했으나 허락하지 않았다. 그러자 왼쪽 팔을 스스로 절단하여 굳은 의지를 보임으로써 마침내 가르침을 허락받고, 뒤에 크게 도를 깨달았다.

권10

牧隱

李穡

〈동오팔영〉은 심휴문이 지은 시이며 송복고가 팔경을 그림으로 그린 사실은 《동파집》에 실려 있다.[1] 나는 젊은 시절에 그 시를 읽었으나 잊고 있었는데 지금 병을 앓은 뒤에 몹시 답답해서 우연히 《동파시주(東坡詩註)》를 펼쳐 보다가 동오(東吳)의 흥취를 일으켜 팔영 절구를 짓는다

東吳八詠沈休文之作也宋復古畫之載於東坡
集予少也讀之而忘之矣今病餘悶甚偶閱東坡
詩註因起東吳之興作八詠絶句

■

* (이 시가) 우리나라에서는 참으로 고금에 가장 뛰어나다[於東方、 眞可橫
  絶古今]. -《소문쇄록(謏聞瑣錄)》
1) 심휴문은 양(梁)나라 문장가 심약(沈約)으로, 휴문은 그의 자이다. 송복고
  는 송나라 화가인 송적(宋迪)으로, 복고도 그의 자이다. 심약이 동양태수
  로 있으면서 원창루를 세우고 〈동오팔영〉을 지었으며, 송적이 그린 팔경
  도를 여창조(呂昌朝)가 소장했다. 여창조가 가주태수로 나가자, 소동파가
  "삼도의 꿈으로 익주태수가 되는 건 부럽지 않으니 / 팔영을 가지고 동오
  팔영 잇기를 바라노라[不羨三刀夢蜀都、 聊將八詠繼東吳]"라는 시를 지
  어 주었다. 목은이 지은 〈동오팔영〉의 작은 제목들은 송복고가 그린 팔경
  도의 작은 제목들과 같다.

동정호의 저녁노을(洞庭晩靄)

한 점 군산에[2] 석양빛 붉게 비치자
오와 초를 삼킬 듯이[3] 기세가 끝없었지.
먼 바람이 불어와 저녁달 떠올리자
은촛불이[4] 어른어른 초롱[5] 속에 들었네.

一點君山夕照紅。　　　闊呑吳楚勢無窮。
長風吹上黃昏月、　　　銀燭紗籠暗淡中。

■
2) 동정호 가운데 있는 산 이름인데, 실은 섬이다. 상군(湘君)이 노니는 곳이
　라 하여 군산(君山)이라고 이름 지었다.
3) 오나라와 초나라는 동남쪽으로 터졌고
　천지가 밤낮으로 떠 있구나.
　吳楚東南坼、　　乾坤日夜浮。
　– 두보 〈등악양루(登岳陽樓)〉
　오나라와 초나라는 동정호 동남쪽에 있던 나라이다.
4) 달을 가리킨다.
5) 사롱(紗籠)은 깁을 둘러 바른 등롱인데, 이 시에서는 어스름 달빛이 비치
　는 동정호를 가리킨다.

스스로 읊다

自詠

1.

목은 늙은이는 시가 문장을 못 이루는데도
시골 스님이 시를 얻으려 곧장 당을 오르네.
눈은 청산과 더불어 경계가 합해지는데
몸은 서릿바람에 떠는 푸른 잣나무 같구나.
늘 주객을 따라 큰 술잔 함께 마셨고
천조[1]에서 첩황[2] 검열하던 일도 기억나네.
늙어가며 비로소 사탕수수 먹을 줄을 알아서[3]
처마 밑에서 날마다 아침 햇살을 쬐네.

牧翁詩語不成章。　　野衲來求直上堂。
眼與靑山交境界、　　身如翠柏戰風霜。
每從酒客同浮白、　　尙記天曹檢貼黃。
老去方知啖甘蔗、　　茅簷日日負朝陽。

■
1) 이조(吏曹)의 별칭이다.
2) 송나라 때 신하들이 주장(奏狀)이나 차자를 흰 종이에 써서 올리는데, 거기에 미진한 뜻이 있으면 요점을 간추려 누른 종이에 따로 써 본문의 뒤에 첨부하는 것을 말한다. 《陔餘叢考 卷27 貼黃》
3) 진(晉)나라 때 문인 고개지(顧愷之)가 사탕수수[甘蔗]를 먹을 때마다 항상 꼬리부터 먹어 들어가서 누가 그 까닭을 묻자, 고개지가 "점점 더 좋은 데로 들어가기 위해서이다.[漸入佳境]"라고 하였다. 전의되어 갈수록 흥미가 점차 더해 가는 것을 비유한다. 《晉書 卷92 文苑列傳 顧愷之》

125

즉사

卽事

흐린 눈 애써 비비며 아이를 가르치려고
칠언시 뛰어난 구절을 당시에서 뽑으니,
옛사람 학문의 규모는 스스로 알겠건만
시골 풍속의 쇠퇴한 지기는 면할 수 없네.
작위의 높고 낮음은 본디 명에 달렸거니와
문장이 흥하고 바뀜은 또 시대에 관계되니,
우선 도연명의 술잔이나 기울여 보세
타고난 바탕은 바뀔 수 없는 법일세.

強刮昏花訓小兒。　　七言警句採唐詩。
自知古學規模別、　　未免鄕風志氣衰。
爵位崇卑尤有命、　　文章興替更關時。
且傾彭澤杯中物、　　稟賦由來不可移。

땅을 하사받고 느낌이 있어 짓다

蒙賜田有感

1.

신하가 백발까지 가난함을 불쌍히 여겨
산수 사이의 밭을 칙명으로 내리셨네.
예부터 군신 사이엔 대의가 있거니와
이제는 처자들의 시름겨운 낯을 면하겠네.
물굽이에 배를 띄워 밝은 달을 부를 게고
산기슭엔 집을 지어 푸른 산을 깎아 내리리.
다만 여생을 은퇴하지 못한 게 흠이지만
은혜 감격해 두 줄기 눈물을 금치 못하겠구나.

憐臣衰白尙貧寒。　　勅賜土田山水間。
自古君臣存大義、　　如今妻子免愁顔。
乘舟水曲招明月、　　結屋雲根剗碧山。
只欠殘生乞骸骨、　　感恩雙淚不禁潸。

옛 뜻
古意

1.

내게 비단 한 끝이 있어
남달리 이것을 애지중지했지.
비록 아름다움이 이 속에 있건만
겹겹이 싸서 드러내지 않으려네.[1]
한번 뭇사람에게 알린 바 되어
천자의 당에 뽑혀 올라,
이를 마름질해 천하에 입히면
천지 사방이 그 빛을 보리니,
해와 달이 빛을 나란히 하여
요순시대 태평으로 돌아갈 테지.
요순시대의 한끝 비단을
다만 가슴속에 간직할진저.

■
1) 자공이 말했다.
　　"여기 아름다운 옥이 있는데, 이것을 함 속에 감춰 두어야겠습니까? 아니
　　면 적당한 값에 팔아야겠습니까?"
　　공자가 말했다.
　　"팔아야지! 팔아야지! 나는 좋은 값에 팔리기를 기다리고 있다."
　　《논어》〈자한(子罕)〉

我有一段錦、　　　重之異尋常。
雖然美在中、　　　什襲不欲彰。
一爲衆所知、　　　乃登天子堂。
裁成被天下、　　　六合親耿光。
日月並晃耀、　　　皥皥歸陶唐。
陶唐一段錦、　　　祗向欽中藏。

밤에 처마 밑의 낙숫물 소리를 듣고 새벽에 일어나서 기록하다

夜聞簷溜曉起錄之

1.

촛불 어스름 서쪽 창가에 달빛 떨어지니
친구는 어디 있는지 참으로 그립구나.
눈 녹아 낙숫물이 밤새 떨어지니
문득 파산의 밤비 읊은 시와[1] 비슷하구나.

燭暗西窓月落時。　　　故人何處政相思。
雪消簷溜終宵滴、　　　却似巴山夜雨詩。

■
1) 그대 돌아올 날 물어도 기약이 없고
　 파산의 밤비만 가을 못에 넘치네.
　 어떻게 하면 서쪽 창의 촛불 심지 자르면서
　 파산에 밤비 내리던 시절을 이야기할까.
　 君問歸期未有期。　巴山夜雨漲秋池。
　 何當共翦西窓燭、　却話巴山夜雨時。
　 － 이상은 〈야우기북(夜雨寄北)〉

130

권11

牧隱
李穡

길에서 한평재를 만나 화원에서 꽃을 감상하던 중 권정당이 문 앞을 지나다가 우리 두 사람이 안에 있는 것을 보고는 말에서 내려 합류했다. 고관(庫官) 이판사가 우리에게 조촐한 술자리를 베풀어 주었는데 내가 앓고 난 이후 가장 즐거운 일이었다. 그래서 밤에 돌아와 십운(十韻)을 지었다

塗遇韓平齋賞花花園權政堂過其門知吾二人在其中亦下馬而庫官李判事設小酌實僕病後第一樂事也夜歸賦十韻

좋은 때는 놓치기 쉬운데다
좋은 사람도 우연히 만나기는 어려운데,
조물주가 절로 안배하여
동지들이 다행히 앞뒤로 만났네.
장미정에서 소리 높여 읊조리고
포도주까지 실컷 마시노라니,
누각엔 맑은 바람이 가득 불어오고
하늘 끝에는 먼 숲이 떴네.
북쪽을 보니 곡령이 솟고
남쪽을 보니 용수산이 치솟았네.
풀에 앉으니 푸른 풀은 돗자리 같고
꽃 마주하니 붉은 빛이 소매에 비치네.
고관은 반면식이거니와
좌중의 손님들은 사문의 친구들이라,

의기투합해 형체마저 잊으니
취한 술기운이 폐부까지 들어오네.
위로는 성상의 장수를 빌고
아래로는 백성들 잘 살길 바라노니,
해마다 이런 놀이를 하게 되면
이 몸 쇠해지는 걸 어찌 한탄하랴.

良辰易蹉跎、	可人難邂逅。
造物自安排、	同盟幸先後。
高吟薔薇亭、	痛飮葡萄酒。
樓中多淸風、	天末浮遠樹。
北顧出鵠峰、	南瞻峙龍岫[1]。
藉草綠如茵、	對花紅映袖。
庫官半面知、	座客斯文舊。
傾倒忘形骸、	沈酣入肺腑。
上祝聖壽長、	下願民財阜。
年年作此游、	豈恨身衰朽。

■
1) 용수산(龍岫山)의 수(岫)는 수(首)라고도 쓴다. (개성)부의 남쪽 2리에 있
　는데, 바로 외성(外城) 터이다. -《신증 동국여지승람》 제4권 〈개성부〉

가랑비
小雨

3.
먼지 없는 방 안에는 거문고와 서책뿐이고
머리 위에는 도연명이 술 거르던 두건을 썼네.[1]
늙어가면서 담박한 생활이 도리어 맛있으니
희황 이전시대 사람이 바로 누구랴.[2]

素琴黃卷室無塵。　　　頭上淵明漉酒巾。
淡泊老來還有味、　　　羲皇上世是何人。

---

1) 도연명은 음률을 잘 몰랐지만, 장식 없는 거문고 한 장을 가지고 있었다. 줄이 없었지만, 술이 알맞게 취하면 그 거문고를 어루만지며 자기 마음을 붙였다. 귀한 자건 천한 자건 손님이 찾아오면 술자리를 마련했으며, 자신이 먼저 취하면 "나는 취해 자야겠으니, 그대는 그만 가보게"라고 말했다. 진솔하기가 이와 같았다. 군(郡)에서는 항상 그를 보살폈는데, 술이 익으면 머리에 썼던 갈건(葛巾)을 벗어 술을 거르고, 끝난 뒤에는 갈건을 다시 썼다. -《송서(宋書)》〈도잠전(陶潛傳)〉
2) 도연명이 여름에 한가히 북창 아래 누워서 산들바람을 쐬며, 스스로 희황상인이라 하였다. -《진서(晉書)》〈은일전(隱逸傳)〉
　　희황상인은 태고 때 사람을 가리키는데, 세상을 잊고 편히 숨어 사는 사람을 뜻한다.

사예 정도전이 제주의 시골집에서 생도들을 가르친다는 말을 듣고 육운시를 짓다

聞鄭司藝道傳在提州村莊授徒 六韻

이름 숨길 방법은 이미 없지만
강학하는 건 마음으로 전해야 하네.
지리멸렬한 건 종전을 뉘우치고
정미한 건 앞으로 찾아내겠지.
물이 흐르면 근원이 아주 멀고
산이 빽빽하면 지경이 더욱 깊어,
백록동[1] 안의 꿈을 꾸고
황려강 가에서 시도 읊조리네.
옷과 두건은 꽃 이슬에 젖고
문 앞에는 고개 구름이 넘나드네.
이 가운데 인재 기르는 즐거움 있으니[2]
남은 풍도가 사람을 놀라게 하리.

■

1) 백록동은 중국 강서성 성자현 북쪽 여산(廬山) 오로봉(五老峰) 아래에 있다. 당나라 이발이 형 이섭과 함께 여산에서 글을 읽으며 흰 사슴 한 마리를 길렀는데, 그 사슴이 언제나 이들 형제를 따라다녔다. 그래서 이곳을 백록동이라고 불렀다. 송나라 초에 이곳에 서원을 세웠다가 뒤에 없어졌는데, 주자가 남강현을 맡게 되자 서원을 다시 짓고 제자들을 가르쳤다.
2) 어버이가 다 살아 계시고 형제들도 탈없이 지내는 것이 첫 번째 즐거움이다. 우러러보아 하늘에 부끄럽지 않고 굽어보아 사람에게 부끄럽지 않은 것이 두 번째 즐거움이다. 천하의 뛰어난 인재들을 얻어서 가르치는 것이 세 번째 즐거움이다. -《맹자》〈진심 상〉

藏名已無術、　　　講學要傳心。
鹵莽從前悔、　　　精微向後尋。
水流源最遠、　　　山密境彌深。
白鹿洞中夢、　　　黃驪江上吟。
衣巾花露濕、　　　庭戶嶺雲侵。
自有育材樂、　　　餘風驚上林。

제비

燕

1.

제비가 예전같이 돌아와서는
처마에서 말하지만 누가 알아들으랴.
지난해 내 새끼 잘 데리고 떠났으니
끝없이 깊은 주인 은혜에 감사한다네.

燕子歸來似舊[1]時。　　簷間致語有誰知。
前年引得吾雛去、　　為謝主思深莫涯。

■
1) 목판본에는 '舊'으로 되어 있지만, 뜻이 통하지 않아 '舊'로 고쳐 번역
   하였다.

느낌이 있어 읊다

有感

홍추[1]에 들어간 때를 생각하니 꿈속만 같아
덕흥군 군대가 압록강 동쪽을 몰아부쳤지.[2]
어찌 일찍이 문장 값을 조금인들 아꼈으랴
교산에[3] 지는 해 붉어 눈물 뿌리네.

憶入鴻樞似夢中。　　德興行色逼江東。
何曾少靳文章價、　　淚洒喬山落日紅。

■

1) 홍추(鴻樞)는 왕명을 출납하던 추밀원을 가리키는 말로, 고려시대에 중서
   문하성과 함께 최고 관부였다.
2) 덕흥군은 충선왕의 셋째 아들인데, 공민왕이 즉위하자 원나라로 쫓겨가
   있다가 1364년에 기황후(奇皇后)·최유(崔濡)·김용(金鏞)과 모의하여 고
   려를 쳤다. 1만 군사를 이끌고 의주까지 쳐들어왔지만, 최영 장군이 이끈
   군대에게 참패하여 되돌아갔다.
3) 황제(黃帝)를 장사지낸 곳인데, 이 시에서는 공민왕을 장사지낸 현릉을
   가리킨다.

왜구가 강마을에 침범했다는 소식을 듣고
聞海寇犯江郊 三首

1.

왜구가 처음 강가에 올라오자
들판의 백성들 모두 성안으로 들어왔네.
묘당에선 여러 계책을 수합하고
창칼이 여러 군영에 번쩍이네.
시운이 나빠 백성들은 괴로워하고
신의 수치를[1] 주장이 맹세하는데,
누가 불쌍히 여기랴! 말이 없어서 나가지 못한
늙고 못난 이 서생을.

海寇初登岸、　　　郊居摠入城。
廟堂收衆策、　　　釖戟耀群營。
運蹇生民病、　　　神羞主將盟。
誰憐出無馬、　　　老拙一書生。

■
1) 오직 여러 신들은 바라건대
　　나를 도와 주소서.
　　백성들을 구제하고,
　　신의 수치가 될 일은 하지 마소서.
　　惟爾有神、　　尚克相予。
　　以濟兆民、　　無作神羞。
　　-《서경》〈무성(武成)〉

140

스스로 읊다
自詠

선생은 집이 가난하여 어쩌다 조반도 잇지 못하니, 더구나 고량진미를 실컷 먹을 수 있으랴. 이미 불러다 한 푼어치 술이나마 받아줄 이가 없으니, 누가 다시 이런 사람을 사람 축에 끼워주랴.

안공(顔公)은 죽 먹는 것도[1] 천지에 감사했지.
부귀한 집 어지러운 가운데 날이 어두워지네.
밝은 달과 맑은 바람이 집을 윤택케 하니
가을꽃 고운 돌 아래 홀로 문을 잠그네.

顔公食粥謝乾坤。　　　甲第紛紛日欲昏。
明月淸風應潤屋、　　　秋花錦石獨關門。

---

1) 나는 생업을 제대로 못해
　온 집안이 죽을 먹었네.
　이미 몇 달이 지나
　이제는 그나마 떨어졌네.
　拙於生事、　　擧家食粥。
　而已數月、　　今又罄矣。
　- 안진경(顔眞卿)〈걸미첩(乞米帖)〉
　당나라 서예가 안진경이 이태보(李太保)에게 쌀을 빌리면서, "죽 끓일 쌀마저 떨어졌다"고 하소연했다.

《중용》을 읽고 느낌이 있어

讀中庸有感 二首

1.

몸은 빈사(賓師)의 지위에 있고
마음은 부자 사이에 있어,
붓끝으로는 도통을 밝히고
문하에는 유관들이 빛났네.
염락(濂洛)이[1] 처음 도통을 이은 학파이니
순양(荀揚)이[2] 어찌 이에 맞서랴.
가련하구나! 동해 나그네는
백발 나이로 말하기도 어렵네.

身處賓師位、   心存父子間。
筆端明道統、   門下耀儒冠。
濂洛初承派、   荀揚豈是班。
可憐東海客、   皓首欲言難。

■

1) 송나라 성리학을 열어준 주돈이(周敦頤)가 염계(濂溪)에 살고, 정호(程
   顥)와 정이(程頤) 형제가 낙양에 살았다. 그래서 이들을 아울러 염락학
   파라고도 불렀다.
2) 전국시대 조나라 학자로 성악설을 주장한 순황(荀況)과 한나라 문장가로
   성선악혼효설(性善惡混淆說)을 주장한 양웅(揚雄)을 가리킨다. 그 설은
   각각《순자》〈성악(性惡)〉과《법언》〈수신(修身)〉에 실려 있다.

권 12

牧隱
李穡

죽을 먹으면서 시를 읊다
食粥吟

안공이 죽 먹었는데 감히 밥 짓는 것을 말하랴.
목은은 양식까지 떨어졌으니 감히 죽을 말하랴.
밝은 창 아래서 송궁문(送窮文)[1]을 지으려다
붓 놓고 길게 읊으며 천정만 바라보네.
젊은 시절 산사에서 글 읽을 적엔
스님들과 분명히 얼굴 마주했지.
나물뿌리도 맛이 있어 입에 향기 느끼면서
천종록을 당장 이룰 수 있다고 스스로 말했었지.
누가 알았으랴! 벼슬이 이미 봉군까지 되었건만
죽에 비친 흰머리를 이따금 다시 볼 줄이야.
늙은 아내는 병약한 내 몸을 불쌍히 여겨
옥같이 하얀 고미를 특별히 얻어 왔지.
기름기 어린 죽을 훌훌 들이마시고
처마 밑에서 볕 쬐며 내 배를 두드리네.
종들은 그것도 먹지 못해 낯빛이 초췌하니
살림에 어두워 잘 기르지 못한 게 부끄럽구나.

---

1) 당나라 문인 한유(韓愈)가 지궁(智窮)·학궁(學窮)·문궁(文窮)·명궁(命窮)
·교궁(交窮)의 다섯 궁귀(窮鬼)를 몰아낸다는 뜻으로 〈송궁문〉을 지었다.

한평생 글 읽었지만 사리를 알지 못해
집안 건사도 어두우니 하물며 나랏일이랴.
처자 이끌고 산속으로 가는 게 알맞을 테니
산속에는 아름다운 꽃과 풀이 한창 푸르겠구나.

顏公食粥敢言炊、　　牧老絶糧敢言粥。
明窓擬作送窮文、　　閣筆長吟空仰屋。
少年讀書山寺中、　　鉢民分明對眉目。
菜根有味齒煩香、　　自謂立致千鍾粟。
誰知爵位已封君、　　白髮粥中時更覰。
老妻悶我病軀瘦、　　特丐錮胡白如玉。
凝脂流滑入喉去、　　曝背茅簷叩吾腹。
蒼頭赤脚色憔悴、　　愧我生踈不能育。
讀書一生不識事、　　尙昧持家況當國。
政合提携山中歸、　　山中瑤草今正綠。

들어앉아 나가지 않다
杜門

조용히 거닐며 세상일 관여치 않고
오래도록 들어앉아 끙끙 읊노라니,
대숲 정자에선 바둑 두는 소리 들려오고
이끼 낀 길엔 나막신 자국 보이네.
강산에 세월이 저무는데
천지 사이에 풍진이 어둡기만 하구나.
적막해진 천년 뒤에
악명 남긴 걸[1] 어찌 논하랴.

偃蹇非関世、　　呻吟久杜門。
竹亭棊送響、　　苔逕屐留痕。
歲月江山暮、　　風塵天地昏。
寂寥千載下、　　遺臭更何論。

---

1) 진(晉)나라 대사마(大司馬) 환온(桓溫)이 왕위 찬탈을 도모하면서, "이왕
후세에 훌륭한 이름을 남기지 못하더라도, 악명은 만년 뒤까지 충분히 남
길 수 있지 않겠느냐?"고 하였다.

시와 술 노래

詩酒歌

술은 하루라도 없으면 안 되고
시도 하룬들 그만둘 수 없지.
어진 사람 의로운 선비는 마음이 괴로워
시는 쓸래도 못 쓰고 술은 끊을래도 못 끊네.
상수의 혼은[1] 조용해 물에는 파도가 없고
촉제의 넋은 소쩍대는데[2] 산 달은 희미하구나.
손으로 큰 술잔 당기니 바닷물이 출렁이듯
입으로 긴 시구 읊을 때는 번개처럼 빠르네.
내 큰 뜻을 모두 가져다 뜬구름에 부쳤으니
잠깐의 생을 가지고 생멸을 따질 게 없네.
인간에게 시와 술의 공이 가장 크니
다소간 위태할 적엔 명철보신을 해주네.
술에는 미친 기가 있고 시에는 마귀가 있어
예법이 감히 시와 술을 억압하지 못하네.
명예 그물 피한 것이 바로 인생의 낙원이라
강산풍월이 모두 한가롭기만 하네.

■
1) 초나라 충신 굴원(屈原)이 간신에게 참소를 당해 조정으로부터 쫓겨나자
   상수(湘水)에 몸을 던져 자결하였다.
2) 촉나라 임금 두우(杜宇)가 만년에 재상에게 제위(帝位)를 넘겨주고 도망
   갔다가 죽어서 두견으로 화했다는 전설이 있다.

酒不可一日無、　　詩不可一日輟。
仁人義士心膽苦、　欲寫未寫絶未絶。
湘魂沉沉水無波、　蜀魄磔磔山有月。
手引深杯蒼海翻、　口吟長句飛電快。
盡將磊落付雲虚、　不向須臾辨生滅。
人間詩酒功第一、　多少危時保明哲。
酒有狂詩有魔。　　禮法不敢煩麾呵。
身逃名網即樂土、　江山風月俱婆娑。

장난삼아 짓다
戲題

목은의 시가 몇 축이나 가득 차
읊어보면 글자마다 서툴긴 해도,
이따금 맑은 정취가 뼛속까지 사무쳐
갠 하늘에 가을 이슬 뿌린 듯하구나.

牧隱詩盈卷、　　　吟來字字踈。
有時淸到骨、　　　秋露洒晴虛。

권 13

牧隱 李穡

유개성이 우엉과 파와 무를 섞어서 만든 김치와 장을 보내오다

柳開城珣送牛蒡蔥蘿蔔并沉菜醬

하늘이 여러 맛을 만들어 사람을 유익케 하니
뼈와 살을 흠뻑 채워 진수를 길러주네.
교묘히 만들면 더 힘이 나는데다
배부른 뒤엔 시 읊기도 신처럼 발동하네.
봄바람에 씨 뿌리면 모습이 처음 터져 나오고
가을 이슬에 뿌리 거두면 몸통에 진액이 차니,
두보의 한 연을 이따금 되풀이 읊으며
가난치만은 않았던 금리선생을[1] 회상하네.

■

* (유개성의 이름은) 구(珣)이다. (원주)
  '개성'은 '개성에서 벼슬하는 사람'이라는 뜻인데, 흔히 개성부윤을 가리
  킨다. 여기서는 유구(柳珣, 1335-1398)이다.
1) 금리선생이 오각건을 쓰고
  동산에서 토란과 밤을 주우니 아주 가난치는 않네.
  錦里先生烏角巾、　　園收芋栗未全貧。
  - 두보 〈남린(南隣)〉
  금리(錦里)는 사천성 성도현(成都縣) 서남쪽에 있는 금관성(錦官城)을 말
  하는데, 두보가 그곳에 살면서 스스로 금리선생이라고 하였다.

天生眾味益吾人。浹骨淪肌養粹真。
製造巧來尤有力、吟哦飽後動如神。
春風下種形初茁、秋露收根體自津。
工部一聯時三復、回頭錦里不全貧。

자고 일어나서 닭 우는 소리를 듣고 우연히
《소학》에서 인용한《예기》 내칙의 "닭이 울
면 얼굴을 씻고 머리를 빗는다"고 한 말을
기억하고 주문공의《소학》에 대한 규모와
절목의 구비됨을 생각하던 끝에 여덟 구를
읊어서 자손들을 경계한다

睡起聞雞聲偶記初鳴盥櫛之語因念文公小學
規模節目之備吟成八句以戒子孫云

《대학》과《소학》을 나눔은 각각 때를 따름이건만
적덕(積德)은 반드시 기초가 있어야 함을 알아야 하네.
입교와 명륜은 우주 안에 가득 채웠고
아름다운 말과 착한 행실도 세밀히 분석했네.
한산의 늙은 목옹이 이제 아비가 되고
제나라 문공을 스승으로 삼았으니,
자손들에게 고하노라. 의당 근본을 힘써
조용히 도를 따르고 굽은 길 따르지 말라.

學分大小各因時。　　　積德須知必有基。
立敎明倫彌宇宙、　　　嘉言善行析毫釐。
韓山牧老方爲父、　　　齊國文公是所師。
告爾子孫宜務本、　　　從容中道莫趨岐。

섣달 그믐날
除日

1.

여러 관원들은 병풍을 구중궁궐에 바치고
오경엔 징과 북 소리가 하늘을 뒤흔드네.
황문의 아이들은 소리를 서로 주고받으며
열두 신을 시켜 악귀들을 내쫓는구나.[1]

屏障群英進九重。　　五更鉦鼓振晴空。
黃門侲子聲相應、　　十有二神追惡兇。

■

1) 후한(後漢) 때에 납일(臘日) 하루 전날 대나의(大儺儀)를 거행하여 역귀
(疫鬼)를 몰아냈다. 10세 이상 12세 이하인 중황문(中黃門)의 아동 120명
을 뽑아 이들을 금중(禁中)의 역귀 쫓는 아동으로 삼고, 그들로 하여금 서
로 소리를 외쳐서 열두 신의 이름을 불러 모든 흉악한 귀신들을 잡아먹게
하였다.

2.
등간은 본디 상서롭지 못한 것을 잡아먹으니
급히 못가고 뒤처진 흉귀는 먹힐 뿐일세.[2]
이튿날 아침 대궐에 삼신산의 수를 바치거든[3]
어진 바람이 사방에 움직이는 걸 앉아서 보게 되리라.

騰簡由來食不祥。　　諸兇急去後爲糧。
明朝鳳獻三山壽、　　坐見仁風動四方。

■

2) 중황문의 아동들이 외치기를, "등간은 상서롭지 못한 것을 잡아먹으라.
   (줄임) 이상 열두 신으로 하여금 너희 악귀들을 뒤쫓게 하리라. (줄임) 너
   희 가운데 급히 떠나지 못하고 뒤처진 자는 잡아먹히고 말 것이다"라고
   하였다.
3) 임금에게 축수하는 것인데, 삼신산같이 장수하기를 빌었다.

섣달 그믐날 밤샘을 하면서 당시의 운을 써서 짓다

守歲用唐詩韻 三首

2.
끊어진 줄은 이을 수 있고
무너진 물결은 돌이킬 수 있건만,
세월은 머물게 할 수가 없어
바쁘고도 모질게 재촉을 하네.

絃斷猶能續、　　波頹亦可回。
無由駐光景、　　衰衰苦相催。

일을 기록하다
紀事

1.
"누가 알랴!¹⁾ 나의 의발이²⁾ 해외로 전해질른지"³⁾
규재의⁴⁾ 그 한 말씀이 아직도 또렷한데,
그 뒤로 물가가 모두 올랐건만
유독 내 문장만은 돈값어치가 안 나간다네.

■

1) 허균의 《성수시화》나 《대동시선》에는 '수지(誰知)'가 '당종(當從)'으로 되어 있다. "나의 의발(衣鉢)이 (중국 사람에게 전해지는 것이 아니라) 마땅히 해외로 전해질 것"이라는 뜻이 된다.

2) 의발(衣鉢)은 옷(가사)과 바리때이다. 달마조사(達摩祖師)가 혜가(慧可)에게 정법(正法)을 전수하면서, 그 증거로 가사와 바리때를 주었다. 그 뒤부터는 스승에게서 전수받은 불법의 오묘한 뜻을 가리키게 되었으며, 다른 분야에서도 그 전통을 수제자에게 전수한다는 뜻이 되었다.

3) 문정공(文靖公 이색)이 원나라에 들어가 과거에 급제하고 응봉(應奉) 한림(翰林)이 되었다. 규재(圭齋) 구양현(歐陽玄)·도원(道園) 우집(虞集) 등의 무리들이 모두 그를 받들어 칭찬했다. 규재가 탄식하면서 이렇게 말했다. "나의 의발(衣鉢)은 마땅히 바다 해외로 나가서, 자네에게 전해 주어야겠네."
그 뒤 고려왕조 말엽에 문정공이 어려움을 겪었다. 귀양을 가기도 하고, 벼슬자리가 마구 옮겨지기도 하니, 제자와 벗들이 모두 그에게서 멀어졌다. 그러자 이런 시를 지었다. (위의 시 : 줄임) 대개 때를 제대로 만나지 못하여, 스스로 슬퍼한 것이다. - 허균 《성수시화》 14
구양현의 말에서 '해외'는 물론 바다 바깥에 있던 고려를 가리킨다. 이색이 구양현 밑에서 과거에 급제하여 벼슬을 얻었기 때문에 제자관계가 된 것이다.

4) 원나라 문장가 구양현(1273-1358)의 호이다.

衣鉢誰知海外傳。　　　　圭齋一語尙琅然。
邇來物價皆翔貴、　　　　獨我文章不直錢。

권14

牧隱
李穡

고향을 생각하다

思鄉

3.

문장의 법도를 아는 명가가 몇이나 되랴.
책상 닦고 향 사르며 붓에 먹 찍어 쓰네.
빛나는 신명은 위에 있는 듯하건만[1]
아득한 물욕은 스스로 끝이 없네.
노을 속 목동의 피리소리가 봄 들을 가로지르고
석양의 낚싯대는 저녁 모래밭을 내려가니,
이것이 바로 남은 생애 돌아가 쉴 곳이라
일부러 정원에 꽃 심을 필요가 없네.

文章軌範幾名家。　　　淨几焚香點筆斜。
赫赫神明如在上、　　　茫茫物欲自無涯。
淡烟牧笛橫春夜、　　　落日漁竿下晚沙。
此是殘生歸宿處、　　　不須庭院更栽花。

1) 밝게 땅 위에 계시며
　빛나게 하늘에도 계시네.
　明明在下、　　　赫赫在上。
　-《시경》대아〈대명(大明)〉

163

즉사

即事

늙은 아내는 일찍 일어나 약을 달이고
어린 여종은 눈살 찌푸리며 청소를 하는데,
헝클어진 흰 머리로 비스듬히 병풍 기대어
묵은 늙은이는 시 한 편을 지어 놓았네.

老妻早起親湯藥、　　　小婢長嚬擁帚箕。
斜倚屏風蓬鬢白、　　　牧翁題出一篇詩。

즉사

卽事

1.

눈 녹은 시냇물 소리가 담장 밖에 들리고
구름 걷힌 햇빛은 창에 비춰 따뜻하구나.
봄바람이 이미 사람 눈 놀래기 넉넉한데
목은 선생만 혼자서 사립문 닫고 들어앉았네.

雪盡溪聲隔壁喧。　　雲收日色照牕溫。
春風已足驚人眼、　　牧隱先生獨掩門。

분파는 사람
賣粉者

종이에 싼 흰 가루 한 봉지를 펼쳐놓고
문 옆에서 말하길 정료에서 왔다네.
늙은 아내는 병이 많아 머리 감는 것도 잊었으니
경대에는 거미줄이 얼기설기 쳐져 있네.

紙裹分開雪一堆。　　傍門云自定遼來。
老妻多病忘膏沐、　　蛛網橫遮明鏡臺。

권 15

牧隱
李穡

군자에게 세 가지 즐거움이 있다

君子有三樂

군자에게 세 가지 즐거움이 있으니
자기 집으로부터 천하까지 미치네.
하늘과 사람에게 부끄러움이 없어
이 착한 마음을 잘 보존하기만 하면
부끄러움이 생겨날 리 없고
훌륭한 이름이 천하에 퍼지리라.
부모를 기쁘게 하고 형제와 화목하며
천하의 영재를 다 교육시켜,
재능 다하여 성공을 거둔 뒤에는
조정과 민간에서 한가롭게 지내며,
내 한평생 다하도록 노래나 부를 테니
그 누가 풍아에 내 노래를 넣어주려나.

君子有三樂、　　自家及天下。
俯仰旣無歉、　　保此神明舍。
愧怍無從生、　　聲名遍夷夏。
悅親兄弟和、　　英才盡陶冶。
致用竟成功、　　優游在朝野。
謳歌終吾生、　　誰歟列風雅。

스스로 읊다
自詠

2.

붓 잡은 당년엔 문장 짓기만 배워
교묘히 이름 훔치려고 다퉈 지껄였건만,
이제는 가슴속을 흘려낼 뿐이니
자운의 글만 몹시 어려움을[1] 알게 되어서라네.

把筆當年學作文。　　巧偸豪奪競云云。
如今流出胸中耳、　　早識艱深獨子雲。

---

1) 양웅은 평이한 말을 몹시 어려운 글로 꾸미기 좋아했으니, 만일 (꾸미지 않고) 그대로 말했다면 사람들이 모두 알았을 것이다. - 소동파 〈답사민사서(答謝民師書)〉

동년 이몽유가 찾아오자 여러 사람이 생각나다

同年李夢游來訪有懷諸公

1.

신사년 동년이[1] 멀리서 왔는데
흰 옷으로 떠돌아 누런 먼지가 덮였네.
병중에 만나보니 더 놀랍고 기쁘다만
송당[2]을 돌아보니 푸른 이끼뿐일세.

辛巳同年自遠來。　　　素衣飄泊染黃埃。
病中相見尤驚喜、　　　囘首松堂但綠苔。

3.

시내 너머 한 봉우리 높은 산 앞이었으니
걸어가도 곧바로 그 자리에 갈 만하건만,
나도 모르게 이제껏 슬피 바라만 보았으니
병든 몸 가고 머묾을 푸른 하늘에 맡겨야겠네.

■

1) 동년은 같은 해 과거에 급제한 사람을 가리킨다. 목은은 신사년(1341, 충혜왕 복위 2)에 함께 급제한 동년으로 이몽유·한홍도·신익지·송숙통·곽충수 5명의 이름을 밝혔다.
2) 송당(松堂)은 자신이 머물고 있는 산속의 집을 가리키기도 하지만, 신사년 과거를 주관하여 자신들을 뽑아준 김광재(金光載 ?-1363)의 호이기도 하다. 그가 이미 세상을 떠난 뒤인 듯하다.

隔溪一朵断山前。　　　步屧猶堪直赴筵。
恁底至今空恨望、　　　病軀行止付蒼天。

주선이 석종의 명을 요구하다

珠禪者求銘石鍾

바위를 깎아내어 크나큰 종 만들어서
사리를 깊이 간직해 영원히 전하려 하나,
모르겠구나! 겁화가 바람 따라 일어나면
다시 어떤 사람이 나옹에게 예배할런지.[1]

斲却雲根作大鐘。　　深藏舍利示無窮。
未知劫火隨風起、　　更有何人拜懶翁。

---

1) 주선(珠禪)은 각주(覺珠) 스님을 가리키는데, 나옹화상의 제자이다. 목은
이 각주의 부탁을 받고 〈여강현신륵사보제사리석종기(驪江縣神勒寺普濟
舍利石鐘記)〉도 지었으며, 왕명을 받고 〈보제존자시선각탑명(普濟尊者謚
禪覺塔銘)〉도 지었다.

즉사
卽事 三首

3.

언제나 울타리로 막걸리 넘겨오고[1]
때로는 술항아리 곁에서 잠을 자네.[2]
누추한 골목 햇빛이 어둑해질수록
취향의 별천지는 넓어만 가네.
방종함이 우리의 도는 아니니
위의로써 늘그막을 경계해야지.
답청 놀이를 올해에도 또 저버려
꽃다운 풀만 부질없이 무성하구나.

■

1) 지붕 너머로 술집 주인을 불러
   술이 있느냐 물었더니,
   울타리 너머로 막걸리 건네주어
   자리 펴고 시냇물 보며 마셨네.
   隔屋喚酒家、　　　借問有酒否。
   墻頭過濁醪、　　　展席俯長流。
   - 두보 〈하일이공견방(夏日李公見訪)〉

2) 필탁은 진(晉)나라 사람인데, 젊어서 방탕하였다. 이부랑으로 있으면서 노
   상 술만 마시다가 벼슬에서 떨려났다. 한번은 이웃집 술을 훔쳐 마시다가
   들켜서 온몸이 묶였는데, 필탁인 것을 알고는 풀어 주었다. 그러자 필탁
   이 그 주인을 불러다 술 항아리 옆에서 술잔치를 벌인 뒤에 떠났다.

每向墙頭過、　　時從甕底眠。
昏昏陌巷日、　　蕩蕩醉鄉天。
放曠非吾道、　　威儀戒老年。
踏青今又負、　　芳草謾芊綿。

권 16

牧隱

李穡

백의를 찬송하다
讚白衣

소리 듣고 괴로움 구하는 게 마땅한 일이니
급난에 빠진 그 누가 가엾게 빌지 않으랴.
집 밖의 중생 세계는 낳고 죽기를 반복하는데
등잔 앞의 관음상은 나는 듯하네.
중생의 배는 생사의 끝없는 바다를 가고
관음 거울은 모든 현상을 환히 비추니,
바라건대 천하의 병을 다 제거하여
애태우지 않고 창 아래 편히 앉게 해주소.

聞聲救苦應昭然。　　急難何人不乞憐。
樓外空華方起滅、　　燈前水墨宛飄翩。
舟行生死無涯海、　　鏡掛妍媸有象天。
且願盡除天下病、　　小窓安坐免心煎。

■
* 백의(白衣)는 언제나 흰 옷을 입고 백련(白蓮) 가운데 앉아 있는 관세음
  보살을 가리킨다. 괴로움 받는 중생이 한마음으로 보살의 이름을 부르
  면 보살이 그 음성을 듣고 곧바로 가서 괴로움 받는 중생을 구해 준다
  고 한다.

술을 마시지 말라니

酒禁

3.

꽃이 있고 술이 있는데다 이 몸 또한 한가로워
조물주의 큰 은혜가 세간에 가득하건만,
사미(四美)를[1] 갖추기 어려운 게 우리들 일이라
다락 위에 홀로 앉아 남산을 바라볼 뿐일세.[2]

有花有酒此身閑。　　造物洪恩滿世間。
四美難幷吾輩事、　　上樓獨坐對南山。

---

1) 천하의 좋은 철[良辰], 아름다운 경치[美景], 즐기는 마음[賞心], 즐거운
   일[樂事], 이 네 가지를 아울러 갖추기는 어렵다. - 사령운 〈의위태자업중
   집시서(擬魏太子鄴中集詩序)〉
2) 동쪽 울 밑에서 국화를 따다가
   하염없이 남산을 바라보노라.
   採菊東籬下、　　悠然見南山。
   - 도연명 〈음주5〉

일찍 일어나다
早興

늙은 아내가 술에 병든 나를 나무라면서
흑두탕에다 감초를 더해 달여주었지.
긴 밤을 곤히 잤더니 몸이 절로 평온하고
추운 새벽에 일어나니 이가 아직도 향기롭네.
살구꽃 버들가지 동산의 못은 고요하고
창틈의 햇살 처마 바람에 자리는 서늘한데,
앉아서 매화를 마주하니 시흥이 일어나
하손을 따라 양주에서 다시 놀고 싶구나.[1]

老妻嗔我酒膏肓、　　甘草加煎黑豆湯。
夜永因眠身自穩、　　曉寒徐起齒猶香。
杏花柳線園池靜、　　總日簾風几席涼。
坐對野梅詩興激、　　欲從何遜更遊揚。

■
1) 양(梁)나라 문인 하손이 일찍이 양주자사 소위(蕭偉)의 기실(記室)이 되어
　 양주에 따라가 있을 때에 조매(早梅)를 보고 시흥이 일어나 고풍시를 지
　 었다.

금사팔영
金沙八詠 漢浦弄月

염동정(廉東亭)[1]이 여주 천령현으로 귀양가서 금사장(金沙莊)에서 지냈는데, (이곳에서 느꼈던) 일에 따라 이름을 붙여 모두 여덟 제목으로 만들고, 근심을 풀며 슬픔을 달랬다. 돌아온 뒤에도 그 일을 잊지 못해, 시를 같이 짓자고 내게 부탁했다.

한포에서 달을 희롱하다
해가 지자 모래밭 더욱 하얗고
구름 가자 물빛이 한층 맑구나.
고상한 이가[2] 밝은 달을 읊조리는데
다만 피리가[3] 없어 아쉽구나.

日落沙逾白、　　　雲移水更淸。
高人弄明月、　　　只欠紫鸞笙。

■
1) 동정은 목은의 친구 염흥방(廉興邦 ?-1388)의 호이다.
2) 물론 염흥방을 가리킨다.
3) 얼굴 흰 동자들이 둘씩 짝을 지어
   붉은 난새 새겨진 피리를 쌍으로 부네.
   兩兩白玉童、　　　雙吹紫鸞笙。
   - 李白
   자란생(紫鸞笙)은 대나무로 만든 피리인데, 붉은 난새가 새겨져 있다. 신선의 음악을 뜻한다.

택주가[1] 큰언니를 만나러 갔기에 홀로 앉아서 읊다

宅主訪大姨獨坐吟成 三首

1.

둥그런 달떡은 서리같이 흰데다
옥구슬 쌓아올린 듯 차가운 빛이 감도네.
꿀벌이 만든 꿀을 가져다 발랐으니
앓고 난 마른 창자에 먹기가 아주 좋구나.

月餅團團白似霜。　　疊成群玉冷生光。
黃蜂爲作崖頭蜜、　　最好枯腸病後嘗。

2.

두 자매가 한 해 만에 서로 마주하면
늙었지만 발그레한 얼굴에 아직 빛이 나리.
죽음과 삶을 가지고 마음 쓰지 마소
세간의 쓰라림과 괴로움을 이미 맛보았으니.

兩姨相對隔星霜。　　已老朱顏尚有光。
莫把存亡時掛念、　　世間辛苦已親嘗。

---

1) 정신택주(貞愼宅主)에 봉해진 목은의 부인 권씨를 가리킨다.

183

유거

幽居 二首

2.

시서는 군자의 집이요
예악은 성인의 밭이로다.
풍월은 시편 속으로 돌아가고
천지는 내 자리를 에워싸네.
도로써 울린 글들을[1] 두루 훑어보고
취향의 별천지를 홀로 걷노니,
늘그막에 남은 소망 없건만
누가 나더러 즐거움 온전했다[2] 말해주려나.

詩書君子宅、　　　禮樂聖人田。
風月歸扁翰、　　　乾坤擁几筵。
流觀鳴道集、　　　獨步醉鄉天。
老境無餘望、　　　誰敥號樂全。

■
1) 맹자와 순자는 도로써 울린 사람들이다[孟軻荀卿以道鳴者也。] - 한유
   〈송맹동야서(送孟東野序)〉
   명도집(鳴道集)은 성현의 경전을 뜻한다.
2) 즐거움이 온전한 것을 일러 뜻을 얻었다고 하는 것이니, 예사람들이 뜻을
   얻었다고 한 것은 높은 벼슬을 말한 것이 아니라, 마음속의 즐거움을 바
   깥 사물로 더할 수 없는 경지에 이른 것이다. -《장자》〈선성(繕性)〉

권 17

牧隱
李穡

글 읽던 곳을 노래하다

讀書處歌

한산의 숭정산은 내가 태어나서 2세 때에 어버이께서 고향으로 돌아가
셨으므로 8세 이후에 있던 곳이다. 교동의 화개산은 14세 때에 있던 곳
이며, 한양의 삼각산은 17세 봄에 있던 곳이다. 견주의 감악산은 그 해
가을에 있던 곳이며, 청룡산은 그 해 겨울에 있던 곳이다. 서주의 대둔
산은 18세 때에 있던 곳이고, 평주의 모란산은 19세 때에 있던 곳이다.
북경의 국자감(國子監)은 무자년(1348)에 시작하여 신묘년(1351)에 마
쳤는데, 그 사이에 어버이를 뵈러 귀국한 적이 있었다. 일곱 산을 먼저
쓰고 태학을 나중에 쓴 것은 일곱 산에서 성공을 거두어 태학에 진학할
수 있었기 때문이다. 노래는 왜 하는가? 자손에게 보여주기 위해서이
다. 잠깐씩 머물렀던 절간도 적지 않지만 다 말하지 않은 까닭은 그것
을 잊어서가 아니라, 학업을 이루고 못 이루는 데에 관계되지 않기 때
문이다. 이름난 산과 훌륭한 경치가 인물을 길러주고 기질을 변화시킨
다는 것을 고금의 사람들이 칭도해 마지않았으므로, 내가 그 때문에 이
것을 노래하여 장차 악부(樂府)에 올려서 끝없이 전하려고 한다. 당세
에 시 잘하는 이들이 따라서 감탄하는 일도 있으리라.

한산 숭정산엔 소나무에 구름 걸쳤고
교동 작은 섬엔 속세의 시끄러움이 없었지.
삼각산은 하늘에 꽂혀 바위와 골짜기가 우뚝하고
감악산 높이 솟아 장단을 내려다 보았지.
청룡산 얼음 벼랑에 오두막 썰렁하고
서림 대둔산엔 연기 낀 창이 어둑했지.
모란산은 옛 전쟁터를 굽어보는데
외로운 구름 지는 해에 시내와 언덕 희미했지.
함께 글 읽던 친구들 모두 다 호걸이라

넓고 큰 학문 세계에 연원을 캐었는데,
서로 보며 착하게 연마해도[1] 늘 모자라고
높이 날아도 뱁새가 울타리 넘을 뿐이었지.[2]
중국 천자가 학교를 중히 여겨
태학의 선비들이 한창 경전을 토론하는데,
동쪽 사람으로 취학한 이가 매우 적어서
조정 관원의 자제는 어찌 그리 존귀했는지.
아버님께서 봉훈의 반열에 오른 덕분에
전례에 따라 태학에 유학할 수 있었는데,
훌륭한 교화[3] 받은 지 한 해도 지나지 않아
글 지으면 이따금 뛰어나단 칭찬 들었네.

■

1) 서로 보아서 착해지도록 하는 것을 연마한다고 한다[相觀而善之謂摩] −
   《예기》〈학기(學記)〉
2) 그곳에 붕(鵬)이라고 하는 새가 있는데, 등은 태산과 같고, 날개는 하늘에
   드리운 구름과 같다. 양의 뿔같이 회오리치는 바람을 타고 9만 리를 올라
   구름 위로 솟구쳐 푸른 하늘을 등지고 남쪽으로 향하는데, 곧 남쪽 바다
   로 가려는 것이다. 작은 뱁새가 그를 비웃으며 말했다.
   "저놈은 어디로 가려는 걸까? 나는 팔짝 날아올라야 몇 길 높이도 못 오르
   고 곧 떨어지며, 쑥대 사이를 파닥파닥 날아다닐 뿐이지만, 이것 또한 날
   아다니는 것이지. 그런데 저놈은 어디로 간다는 거야?"
   이것이 바로 작은 것과 큰 것의 차이이다. −《장자》〈소요유(逍遙遊)〉
3) 뽕나무벌레가 새끼를 낳자
   나나니벌이 업고 다니네.

고국에 돌아와 아버님 상을 치를 적엔
번쩍이며 흐르는 세월이 번개같이 빨랐지.
현릉의 초과 때에 마침 복을 마쳤기에
응시했다 우연히 장원을 차지했는데,[4]
중서당의 급제자 잔치에 참여했다가
관복과 한림 제수로 특별한 은총 입었지.
잇달아 초천 발탁으로 삼중까지 이르러
한가롭게 관록 먹으며 자손까지 영화로웠네.
당시 글 읽던 곳들 머리 돌려 회상해보니
지금도 푸른 이끼에 나막신 자국 남았겠지.
산신령이 알아주신다면 내 마땅히 감사하리

■
　그대 자식도 가르치고 깨우쳐서
　그처럼 착하게 만들어야지.
　螟蛉有子、　　蜾蠃負之。
　教誨爾子、　　式穀似之。
　-《시경》소아〈소완(小宛)〉
　예전에는 나나니벌이 뽕나무벌레의 어린 새끼를 나무에서 업어다가 키
　워, 7일 만에 자기 새끼로 만든다고 하였다. 그러나 이는 옛사람들이 나
　나니벌이 뽕나무벌레 새끼를 잡아 먹는 것을 잘못 본 것이다. 어쨌든
　이 시에서는 자식들을 교육시켜 훌륭한 사람으로 변화시키는 것에 비
　유하였다.
4) 현릉은 공민왕의 능호이다. 공민왕 2년(1353)에 초과를 치렀는데, 지공거
　이제현이 주관하는 시험에서 목은이 을과 제1인으로 급제하였다.

천지와 같이 인물을 길러 내셨으니.
뒷날 내 이름 어떻게 전할른지는 생각지 않고
노래부터 불러서 후손에게 남겨 주리라.

韓山崇井松浮雲。
三峯挿天聳巖壑、
靑龍永崖小屋冷、
牡丹俯視逐鹿野、
同游儕輩盡豪傑、
相觀而善尙不足、
中朝天子重學校、
東人鼓篋亦甚少、
先君簪跡奉訓列、
螟蛉變化不閱歲、
歸來東海居憂中、
玄陵初科服適闋、
鹿鳴往會中書堂、
因之超擢至三重、
囘頭當日讀書處、
山靈有知我當謝、
流芳遺臭且不問、

喬桐小島無塵喧。
紺嶽高壓長湍村。
西林大芚烟窓昏。
孤雲落日迷川原。
學海浩澣窮淵源。
高飛斥鷃才踰藩。
璧水縉紳方討論。
朝官子弟何其尊。
援例得以游橋門。
綴文往往稱高騫。
流光飄忽如電奔。
射策偶耳叨壯元。
賜緋玉署承殊恩。
閑居食祿榮子孫。
蒼苔至今留屐痕。
養出人物同乾坤。
歌之直欲貽後昆。

스스로 읊다

自詠

2.

짧은 시를 짓고 나면 또 긴 시를 지으니
차츰 기름장수 돈 버는 재주 같아지네.
예부터 시인은 붓 놓기 어려운 법일세.
바람과 꽃, 달과 이슬이 천지에 가득하니까.

短聯賦罷又長聯。　　　　漸似油翁技在錢。
自古詞人難閣[1]筆、　　　風花月露政漫天。

---

1) 원문의 '閤'은 문맥상 '閣'으로 고쳐 번역하였다.

국신리의 할멈이 새 기름을 짰는데 이것을 장차 금강산 보제영당으로 보낼 것이라고 한다

新油國贐里老嫗壓之云將以送金剛山普濟影堂

새로 짠 기름 향기가 코를 진동하는데
더운 날 등에 지고 금강산에 들어간다네.
한 등불로 사바세계의 어둠을 깨뜨리라.
보제왕사는 조용히 영당에 앉아 있으리니.[1]

壓得新油擁鼻香。　　炎天背負入金剛。
一燈照破恒沙暗、　　普濟王師坐影堂。

■
1) 보제영당은 나옹화상 혜근(1320-1376)의 영정을 모신 불당이다. 52세에
왕사가 되고, 보제존자라는 호를 받았다.

고양이가 새끼를 낳다
猫生子

1.

고양이는 가축 가운데 사람과 가장 친해
생김새 날렵한데다 길도 잘 드네.
갑자기 한밤중에 자는 나를 놀라 깨게 하니
새끼 낳아 핥아주는 그 사랑 알 만하구나.

猫人畜也最相親。　　　質禀輕柔性又馴。
忽向夜中驚我夢、　　　子生便舐可知仁。

2.

승냥이나 호랑이는 친하기 어렵지만
고양이는 개나 말같이 길들일 수 있으니,
어찌 유독 영주에만 쥐들이 많으랴[1]
탐포한 자 제거하는 게 바로 인이라네.

雖然豺虎苦難親。　　　也有門庭犬馬馴。
豈獨永州多鼠輩、　　　驅除貪暴便爲仁。

∎
1) 영주(永州)에 사는 아무개가 자기의 생년이 자년(子年)인데 자(子)는 쥐
[鼠]의 신(神)이라 하여, 쥐를 몹시 사랑했다. 고양이를 기르지 않고 창고
와 푸줏간을 모두 쥐에게 맡겨, 제멋대로 훔쳐 먹고 썹어대게 했다고 한
다. 당나라 문장가 유종원이 지은 〈서설(鼠說)〉에 나오는 이야기인데, 이
글의 쥐는 간악한 소인에 비유한 말이다.

즉사
即事

3.
나는 평소 세상 물정에 너무 어두워
부엌에 양식 떨어져도 상관 않는데,
마을 친구는 술병 들고 자주 찾아오고
산속 스님도 석장 놓고 자리에 올라오네.
선풍은 다만 뜰 앞의 잣나무에 있거니와[1]
환상세계는 절로 연화세계에서 나온다오.[2]
그 누가 알랴! 고요함 속의 마음은
못남과 어짊이 따로 없다는 것을.

吾生坐井喜觀天。　　遮莫庖廚或斷烟。
里友携壺頻叩戶、　　山僧釋杖便登筵。
禪風秖在庭前栢、　　幻境自生池上蓮。
誰識靜中方寸地、　　也無不肖也無賢。

■
1) 당나라 때에 한 스님이 고승 조주(趙州)에게 "조사(祖師)가 서쪽에서 온
   뜻이 무엇입니까?"라고 묻자, 조주가 "뜰 앞의 잣나무다."라고 답하였다.
2) 환상세계는 실체가 없는 사바세계를 가리키고, 연화세계란 석가의 진신인
   비로자나불의 정토를 가리킨다.

권 18

牧隱
李穡

이날 자하동에서 양부에 술잔치를 내렸으므로 병중에 그 소식을 듣고 기뻐서 짓다

是日賜兩府宴于紫霞洞病中聞之喜而有作

어려운 시국 구제한 건 장군과 재상의 공이거니와
성상의 진중한 마음은 옛임금도 못 미치리.
백일 아래 조정에서 은혜 베풀어
자하동 바위 골짝에 술잔치를 내렸네.
땅은 금강산과 다른 곳 아닌데다
솔나무에도 두보의 집같이 맑은 바람 이는데,[1]
장수와 재상들이[2] 서로 즐거워하는 곳에
병든 늙은이[3] 참석 못하는 것만 한스럽구나.

■

1) 네 그루 소나무 처음 옮겨올 때엔
　　키가 겨우 석 자 남짓 하더니,
　　헤어진 지 어언 삼년 만에 와 보니
　　나란히 선 모습 사람 키 만해졌구나. (줄임)
　　맑은 바람을 날 위해 일으켜
　　낯을 스치는 게 엷은 서리 같구나.
　　四松初移時、　　大抵三尺强。
　　別來忽三歲、　　離立如人長。
　　淸風爲我起、　　灑面若微霜。
　　- 두보 〈사송(四松)〉
2) 천하가 평안할 때는 재상을 주의하고, 천하가 위태할 때에는 장수를 주의
　　한다[天下安、注意相、天下危、注意將。] - 《사기》〈육가열전(陸賈列傳)〉
3) 사람이 나서 열 살이 되면 유학(幼學)이라 하고, 스무 살이 되면 약관(弱
　　冠)이라고 한다. 서른 살이 되면 장(壯)이라 하며 아내를 맞이하고, 마
　　흔 살이 되면 강(强)이라 하며 벼슬에 나아간다. 쉰 살이 되면 애(艾)라

197

康濟時艱將相功。　　聖心珍重古難同。
推恩白日朝廷上、　　錫宴紫霞巖洞中。
地與蓬山非異境、　　松如杜閤有淸風。
安危注意交懽處、　　祗恨無由着病翁。

■
　하며 관정(官政)에 복무하고, 예순 살이 되면 기(耆)라고 하며 일을 지
시하여 사람들을 부린다. -《예기》제1 〈곡례(曲禮)〉 상

유두일에 세 수를 읊다
流頭日三詠

1.

상당군 댁 부침개 맛이 참으로 뛰어나
눈같은 유두면에[1] 달고 매운 맛이 섞였네.
동그란 떡이 이에 붙을까 염려되지만
살살 씹으니 온몸이 절로 서늘해지네.

上黨烹煎味更眞。　　雪爲膚理雜甘辛。
團團祇恐粘牙齒、　　細嚼淸寒自遍身。

---

1) 유두절에 흔히 기주떡(증편)이나 수단을 만들어 시원하게 먹었는데, 이들 음식은 맵지 않다. 동그란 떡이라고 했으니 아마도《동국세시기》에서 말한 유두면인 듯하다. 면(麵)은 원래 국수가 아니라 밀가루로 만든 음식의 통칭이었으니, 고려시대의 면(麵)은 수단(水團) 같은 떡에 가까웠을 것이다.

한여름 뒤부터 연꽃을 몹시 구경하고 싶어 하루는 하인을 시켜 가보게 했더니 운금루 연못의 꽃은 없어진 지 오래 되었고 광제사 연못의 꽃만 한창 피었다고 하였다. 그래서 행차하게 하여 그곳에 가서 둑을 따라 말 가는대로 가다가 우연히 임중랑이 자기 숲 속 정자에서 천태의 나잔자를 맞이해 꽃을 구경하고 있는 자리에 들렸다. 임공이 음식을 차려 내와서 함께 벽통음(碧筒飮)을 즐기고 저물녘에야 서로 작별하였다. 남계원에 들렀다가 다시 집에 돌아오니 날이 이미 저물었다. 두 수를 읊어 이루다

仲夏以來苦欲賞蓮一日遣長鬚往候則雲錦池
花亡久矣獨廣濟池盛開於是命駕而往緣堤信
馬偶得任中郎林亭邀天台懶殘子同賞公設食
作碧筒飮向晚解携因過南溪院旣歸則日已晚
矣吟成二首

1.

비 지나간 연못에 물결 안 일어 고요한데
버들 그늘 깊은 곳에서 인가를 만났네.
해는 포도 넝쿨에 성긴 그림자 옮겨 가고
바람은 연꽃에서 맑은 향기 보내오네.
상통음¹⁾을 배워 좋은 술 기울이고
붉은 노을 비치던 태령에 내 생각도 부쳤네.
돌아오는 길의 이 몸이 어찌 그리 상쾌한지
남계원에서 잠시 쉬노라니 날은 벌써 저물어 가네.

雨過池塘靜不波。　　柳陰深處得人家。
日移疎影葡萄蔓、　　風送淸香菡萏花。
學飮象筒傾綠酒、　　寄懷台嶺映丹霞。
歸途身世何蕭爽、　　小憩南溪欲暮鴉。

■
1) 위(魏)나라 정시(正始) 연간에 정각(鄭慤)이 삼복 무렵이면 부하들을 거느
리고 사군림(使君林)에서 피서를 즐겼는데, 큰 연잎을 연격(蓮格) 위에 올
려놓고 술석 되를 담아 마셨다. 비녀로 잎을 찔러서 줄기의 구멍을 통하
게 하여, 줄기를 마치 코끼리 코같이 휘어서 입을 대고 술을 빨아 마셨다.
푸른 줄기로 마신다고 해서 벽통음(碧筒飮), 또는 코끼리 코로 마신다고
해서 상통음(象筒飮)이라고 하였다.

연꽃을 구경하고 남은 흥취를 스스로 그치지 못해 한 수를 읊어 이루다

賞蓮餘興不能自已吟成一首

인심이 어찌 사심을 잊을 수 있으랴
조용히 도에 합한 경지에 이르지 못했으니.
부귀 공명을 그 누가 정해 주나
춤추고 노래하는 것도 내가 주인일세.
좋은 달 보내온 긴 바람은 멀기만 하고
맑은 향 다 타도록 밝은 해는 길기만 하구나.
연꽃의 참다운 모습을 알고 싶다면
뒷날 목은 늙은이의 시를 점검해보라.

人心那得頓忘私。　　未到從容中道時。
富貴功名誰定奪、　　謳吟舞蹈我行移。
送來佳月長風遠、　　炷罷淸香白日遲。
欲識蓮花眞面目、　　他年點檢牧翁詩。

권 21

牧隱
李穡

용두사에서 편지가 와 종선이 쓴 큰 글자 한 장을 보다

龍頭書至見種善所書大字一紙

어린아이가 용두사에서 글을 배워
늙은 어미는 아이 생각을 잠시도 쉬지 못하네.
이미 붓 잡고 큰 글자를 쓸 줄 알게 되었으니
봄이 오면 성균관에 와서 유학해야겠네.

小兒受學在龍頭。　　老母相思不暫休。
把筆已知書大字、　　春風芹館好來游。

동정에게 부치다
寄東亭

1.
봄 깊은 골목에 찾는 사람도 없건만
복사꽃 오얏꽃이 하염없이 피고 지네.
지난해 정자 위에 앉았던 때를 생각해보니
주렴 한쪽 성긴 비에 술이 넘쳐 흘렀었지.

春深門巷少經過。　桃李花開落又多。
記得去年亭上坐、　一簾疏雨酒生波。

느낀 대로 읊다

即事

숨어 사는 시골 흥취가 늙을수록 더욱 좋아
눈에 보이는 것마다 새로운 시가 곧바로 떠오르네.
바람이 그쳤는데도 남은 꽃잎이 저절로 지고
구름이 지났는데도 가랑비는 덜 개었네.
담장머리 흰 나비는 가지 떠나 날아가고
지붕 귀퉁이 산비둘기는 깊은 숲에서 울어대네.
만물을 한가지로 보며1) 소요하는2) 것은 내 알 일 아니니
거울 속 세상 만물이 너무나도 분명하구나.

幽居野興老彌淸。　　恰得新詩眼底生。
風定餘花猶自落、　　雲移少雨未全晴。
墻頭粉蝶別枝去、　　屋角錦鳩深樹鳴。
齊物逍遙非我事、　　鏡中形色甚分明。

■
1) 원문의 제물(齊物)은 《장자》의 〈제물론(齊物論)〉에서 따온 말인데, 만물을
   한가지로 보자는 뜻이다.
2) 원문의 소요(逍遙)도 역시 《장자》의 〈소요유(逍遙遊)〉에서 따온 말인데,
   세속적인 가치와 판단을 초월해서 자유롭게 사는 태도를 뜻한다.

느낀 대로 읊다

卽事

봄 다했단 말 문득 듣고 일부러 산에 오르니
이 늙은이 풍류가 천지간에 넘치는구나.
목은 늙은이 오늘 흥취를 그 누가 알랴
백척의 높은 누각이 세상을 압도하네.
옷 잡혀 술 사 마시니 마음 느긋해지고[1]
두건 젖혀서 바람 쐬니 기상은 한가로워라.
게다가 주인이 정역을 달려 접대하니[2]
진탕 취해 밤 늦게 오기를 감히 사양하랴.

忽聞春盡強登山。　　此老風流溢兩間。
誰識牧翁今日興。　　高樓百尺壓塵宸。
典衣沽酒精神暢。　　岸幘臨風氣像閑。
況有主人馳鄭驛。　　敢辭泥醉夜深還。

■
1) 두보(杜甫)의 〈곡강(曲江)〉 시에, "퇴청하면 날마다 봄옷을 전당 잡혀, 매
   일 강 머리에서 진탕 취해 돌아오네.[朝回日日典春衣 每日江頭盡醉歸]"
   하였다.
2) 한(漢)나라 때 정당시(鄭當時)가 손님 접대하기를 몹시 좋아하여, 태자
   사인(太子舍人)으로 있을 적에 휴일을 만날 때마다 항상 장안(長安)의
   여러 교외(郊外)에 역마(驛馬)를 비치해 두고 손님을 초대하여 접대하
   였다.

권 22

牧隱
李穡

우연히 읊다

偶吟

상전벽해도[1] 참으로 하루아침인데
떠돌아다니는 인생에 더구나 끝이 있건만,
도연명은 바야흐로 술만 즐기고
강총은 아직도 돌아가지 못했네.[2]
조그만 가랑비에도 산빛은 살아나고
미풍에도 버들은 가지 늘어졌으니,
멀리 가서 놀려던 마음 되돌려 잡고
홀로 앉아 이 경치를[3] 감상한다네.

桑海眞朝暮、　　浮生況有涯。
陶潛方愛酒、　　江摠未還家。
小雨山光活、　　微風柳影科。
自囬遠游意、　　獨坐賞年華。

---

1) 마고(麻姑)가 말했다. "모신 이래로 동해가 뽕나무밭으로 바뀌는 것을 세
   번이나 보았습니다." - 갈홍《신선전》〈마고〉
2) 강총(519-594)은 남조의 진(陳)나라 사람인데, 31세에 후경의 난을 피해
   서 건강을 떠났다가 45세가 되어서야 돌아왔다.
3) 원문의 연화(年華)는 일년 가운데 가장 아름다운 계절 경치인데, 대개 봄
   날의 경치를 가리킨다. 연광(年光)이라고도 한다.

거자(擧子)의 시부를 읽고 느낌이 있어 짓다
讀擧子詩賦有感

당풍은 본디 율부(律賦)를 숭상했는데[1]
흐르는 폐습이 동방에 성행했네.
음운은 평측을 서로 조화시키고
문장은 장단구로 국한시켜,
청류를 일으키고 탁류를 치면서[2]
백색과 황색을 짝해 늘어 놓았네.[3]
추구를[4] 끝내 어디에 쓰랴
사람을 절로 한탄스럽게 하네.

唐風崇律賦、	流弊盛東方。
音韻偕平側、	文章局短長。
揚淸仍激濁、	配白故抽黃。
蒭狗終安用。	令人自歎傷。

■
1) 당풍은 당인(唐人) 풍격의 시부(詩賦)를 말하고, 율부란 일정한 격률의 부체(賦體)를 말한다. 이 부체는 음운과 대우(對偶)를 엄격하게 맞춰야 하는데, 당나라나 송나라 과거시험에서 채용되었다.
2) 글을 짓는데 있어서 선을 좋아하고 악을 미워하는 일정한 투식을 뜻한다.
3) 이리저리 대우(對偶)를 맞춰 아름다운 문구를 늘어놓는 것을 뜻한다.
4) 짚으로 만든 개인데, 제사를 지낼 때 쓰고, 제사가 끝나면 바로 내버렸다. 과시(科詩)는 과거 시험을 볼 때에만 필요하고, 급제한 뒤에는 필요 없기 때문에 추구에 비유한 것이다.

밤비

夜雨

1.

밤비가 빈 층계에 쉬지 않고 내리는데
병 끝이라 느낌이 갈수록 느긋하구나.
신선도 이미 멀어졌으니 그 누가 신선이랴[1]
천지는 끝없는데 내 머리는 희어졌네.
늘그막에 여울에 내려가 낚시질하게 되었으니
가련해라! 그 시절엔 주나라를 꿈꾸었건만.[2]
지금 와서 이 마음을 그 누가 알아주랴!
백척루에 높이 누운 원룡의 마음을.[3]

夜雨空階滴不休。　　病餘情興轉悠悠。
神仙已遠誰靑骨、　　天地無窮我白頭。
頗信殘年如下瀨、　　可憐當日欲東周。
祗今心跡誰能辨、　　高臥元龍百尺樓。

■
1) 뼈가 푸른 사람이 죽어서 신선이 된다고 한다.
2) 내가 장차 주나라의 도를 동쪽에서 일으키리라. [吾其爲東周乎.] -《논어》
　　주나라의 문물제도를 우리 나라에서 재현한다는 뜻이다.
3) 원룡은 한나라 진등(陳登)의 자이다. 허사(許汜)가 찾아가서 땅과 집을 사
　　려고 의논했는데, 주객의 예를 지키지 않았다. 자기는 높은 침상에서 잠
　　자며, 허사를 바닥에서 자게 하였다.

누에치는 아낙네

蠶婦

성안에는 누에치는 아낙네도 많은데다
뽕잎은 어찌 그리도 잘 자랐는지,
뽕잎이 적다고 말들 하지만
누에들 굶주리는 건 보지 못했네.
누에가 알 깼을 땐 뽕잎 많더니
누에가 커지면서 뽕잎도 드물어져,
온종일 땀 흘리며 뛰어다니건만
자기 입을 옷 때문이 아니로구나.

城中蠶婦多、　　　桑葉何其肥。
雖云桑葉少、　　　不見蠶苦饑。
蠶生桑葉足、　　　蠶大桑葉稀。
流汗走朝夕、　　　非緣身上衣。

권 26

뭐 안 될 게 있으랴
有何不可篇

뭐 안 될 게 있으랴! 나는 광(狂)[1]도 아닌데
장년 시절엔 사방을 분주할 만했고
노년에는 고향에 돌아갈 만했건만,
고향에 가지 않으니 솔과 국화는 묵었고[2]
봉군이 된데다 삼중대광 품계까지 띠었네.
내 머리털과 마음은 어느 게 길고 짧은지,
세상 다스리는 건 어찌 그리 아득하며
농사나 지어보려던 건 왜 못 이루었나.[3]

■

1) 공자께서 이렇게 말씀하셨다.
　　"도를 바르게 지킬 사람을 얻지 못할 바에야, 차라리 광견(狂獧)한 자
　　를 택하겠다. 광자(狂者)는 진취적이고, 견자(獧者)는 부끄러운 짓을
　　안하기 때문이다."
　　공자께서 어찌 도를 바르게 지킬 사람을 바라지 않으셨겠느냐? 꼭 그런
　　사람을 얻을 수가 없었기에, 그 다음가는 사람이라도 생각하셨던 것이다.
　　-《맹자》〈진심 하〉
　　광(狂)은 뜻이 아주 큰 것을 뜻한다.
2) 세 오솔길은 묵었으나
　　소나무와 국화는 그대로 있구나.
　　三徑就荒、　　　松菊猶存。
　　- 도연명 〈귀거래사〉
3) 인생 살면서 서로 보지 못하니
　　마치 삼성과 상성 같구나.
　　人生不相見、　　動如參與商。
　　- 두보 〈증위팔처사시(贈衛八處士詩)〉

217

전쟁 먼지 흩날리는 곳엔 수레와 말이 엎어지고
만물 번성한 곳엔 물 흐르듯 땀 뿌리네.
하늘 뜻 즐기면 태평성대 아닌 곳 없겠건만
요행 바라면 지척도 참으로 양장⁴⁾ 같구나.
너른 맘으로 지내면 정말 좋으리니
누각에 기대어 길이 읊으며 출처를 잊으리라.

有何不可吾非狂。　　　壯可走西方。
老可歸故鄕、　　　　　故鄕不去松菊荒。
封君帶三重大匡、　　　我髮我心誰短長。
経邦濟世何杳茫、　　　求田問舍何參商。
黃塵漲海車馬僵、　　　揮汗相逐如翻漿。
樂天無處非羲皇、　　　僥倖咫尺眞羊腸。
寬懷倘佯終允藏、　　　倚樓長嘯忘行藏。

■
　삼성(參星)은 서쪽 하늘에 있고, 상성(商星)은 동쪽 하늘에 있어, 별이 뜨
고 질 때에 서로 볼 수가 없다. 그래서 서로 만나지 못하는 사람들을 비유
할 때에 이 별들에다 비유하였다. 이 시에서는 '이뤄지지 않는다'는 뜻으
로 썼다.
4) 양장령(羊腸嶺)은 소주부 천평산 남쪽에 있는 고개인데, 양의 창자같이 구
불구불하므로 (양장령이라고) 이름을 지었다. -《명일통지(明一統志)》
　'양장'은 양의 창자같이 구불구불한 산길을 가리킬 때에 많이 쓴 말인데,
세상길이 험하다는 뜻으로도 썼다.

즉사

即事

히히덕거리며 서로 부르던 소년 시절이 기억나네.
술자리 가는 곳마다 돌아올 줄을 몰랐었지.
당시에 어찌 내 머리 희어질 줄 생각했으랴.
홀로 앉아 읊노라니 생각이 아득해지네.

詡詡相徵記少年。　　杯盤到處被留連。
當時豈念吾頭白、　　獨坐高吟思渺然。

산속의 노래
山中謠

내 들은 적 있지. 바다에 도적이 있어
이따금 바닷가 마을에 쳐들어온다는 말을.
처음엔 밤에 바닷가에 올라와
쥐새끼같이 담장을 몰래 넘더니,
얼마 뒤엔 뻣대며 물러나지 않아
대낮에도 들판을 돌아다녔지.
차츰 관군에게 감히 맞서서
새벽부터 시끌벅적 해질 녘까지,
그때 들곤 딴 세상 일이라고 여겨
일찍 자고 늦게 일어나 손주놈들과 노는 게 일이었지.
요즘들어 방비가 허술한 골짜기는
왜적이 날뛰어 삼킬 듯하네.
놈들은 맨발로 가파른 벼랑 다녀
가시나무 바위 틈으로 나는 게 원숭이 같네.
관군이 배 태우자[1] 더욱 성내어
독기 뿜고 불 지르며 다 태워버릴 듯하네.

■
1) 이색이 〈산중요(山中謠)〉를 지은 1380년(우왕 6) 8월에는 나세(羅世)·심
   덕부(沈德符)·최무선(崔茂宣)이 왜적선 500척을 진포에서 격침시켰다.
   이색은 그 소식을 듣고 너무 기뻐서 오언율시 〈관군이 왜선을 이겼다는
   소식을 듣고(聞官軍得倭舡)〉와 칠언율시 〈나세·심덕부·최무선 세 원수

규중 아낙과 아이들에다 장정들까지
한데 죽어 엎어지니 더 말해 무엇하랴.
나는 요행 덤불 속에 몸을 숨겨서
목숨 하나는 겨우 건졌다마는,
주림과 쓰라림이 날로 더하니
바닷가 백성 하소연 많은 걸 이제 알겠네.
하소연하길 서른 하고도 한 해[2]
조정에서는 진작부터 백성을 염려했다만,
어쩌다가 이런 일이 내게 닥쳤나
곧바로 궁궐에 아뢰려 해도,
돌이켜 생각하니 이게 내 운명
편안하다 위태롭고 형통하다 막히는 법.
하늘이사 인간을 편애하지 않으시니
늦게라도 은덕을 골고루 내려 주시겠지.
태평스런 세월 내리심이 누구는 가까웠다니
머리 조아려 하늘에 호소할 밖에.

■

가 이기고 돌아온다는 소식을 들었지만 병 때문에 교외에 나가 맞지 못하
다(聞羅沈崔三元帥舟師回病不能郊迓))를 짓고, 이 구절에서도 그 사실을
말했다.

2) 충정왕 2년(1350)부터 왜구가 해마다 백여 척의 선단을 조직해서 쳐들어
왔는데, 해마다 규모가 커졌다.

我聞海有賊、
其初夜登岸、
中焉驕不退、
漸與官軍敢相敵、
我時如聞異世事、
年來陵谷忽易處、
赤足走上千仞崖、
官軍燒船激其怒、
閨中女兒與卒徒、
我幸竄伏榛灌中、
忍飢忍苦日復日、
呼冤三十又一年、
奈何今日亦及我、
反而思之實我命、
天於人兮無厚薄、
賜之大平或者近、

時時攻水村。
鼠竊踰墻垣。
白晝行平原。
清晨鼓譟俄黃昏。
寢早起遲弄兒孫。
賊勢猖獗將幷吞。
藤棘石角飛猴猿。
肆毒烈火如俱焚。
骿首就戮餘何言。
僅保性命無留存。
始知濱海多呼冤。
廟堂久矣憂黎元。
告焉直欲排天閽。
久安必危亨必屯。
雖有久速均其恩。
我今稽顙呼乾坤。

권 27

牧隱
李穡

새벽에 한 수를 읊다

曉吟 一首

두부를 기름에 지져 잘게 썰어 국 끓이고
다시 흰 파를 넣어 향그런 맛을 더하네.
방금 지은 멥쌀밥은 기름 자르르 흐르고
깨끗이 닦은 그릇들은 눈에 환히 빛나네.
날마다 만전을 먹는 것은 물욕에 빠진 짓이니[1]
아침에 한 가지 맛으로 심령을 기르네.
다행히도 문자가 뱃속에 가득 담겼으니
배부른 뒤에야 태평시대 노래하길 왜 꺼리랴.

豆腐油煎切作羹。　　更將蔥白助芳馨。
爛炊粳米流脂滑、　　淨洗盤盂照眼明。
日食萬錢酣勿欲、　　晨湌一味養心靈。
幸敎文字撑腸在、　　旣飽何嫌誦大平。

---

1) 진(晉)나라 무제 때에 태위 벼슬을 했던 하증(何曾)은 왕자같이 사치스럽
게 생활했는데, 하루에 만전어치 음식을 차려 먹으면서도 "젓가락을 내려
집을 것이 없다[無下箸處]"라고 말했다. 뒷날 소동파가 채소를 먹으면서
시 짓기를 "나나 하증이나 한번 배부르기는 마찬가지이다"라고 하였다.

종이 열세 폭을 사천대의 장방에 보내어 일력을 베껴오다

以紙十三幅送司天長房抄曆日

제조며 제점[1]으로 서운관에 재직하면서
몇 번이나 용안을 마주해 비문을 읽었던가.
늙고 병들어 은거지에 모종이나 하고프니
그대들이 기일을 자세히 살펴주게나.

提調提點忝書雲。　　　幾對龍顔讀秘文。
老病幽居親種蒔、　　　細分宜忌望諸君

■

* 사천대는 고려시대에 천문(天文)·역법(曆法)·측후(測候)·각루(刻漏)·
  복서(卜筮)에 관한 일을 맡아보던 관아이다. 장방은 각 관아에서 서리
  들이 일보는 방이다.
1) 현종 때부터 충렬왕 때까지 사천대라고 불리다가, 충렬왕과 공민왕 때에
  는 서운관과 사천대를 번갈아 썼다. 제점은 충렬왕 34년(1308)에 생긴 서
  운관의 정3품 책임자이다.

새벽에 일어나 느낀 대로 읊다
晨興卽事

풍로에 물 끓고 참새는 처마에서 지저귀는데
늙은 아내 세수하고는 음식을 간보네.[1]
해는 세 길 높았건만 명주이불 따스해서
한 조각 천지[2]를 단잠[3]에 내맡겼네.

湯沸風爐雀噪簷。　　　老妻盥櫛試梅塩。
日高三丈細衾暖、　　　一片乾坤屬黑甛。

■

* (이 시는) 늙으막의 한가하고 편안한 생활의 즐거움을 잘 그렸다. - 김종
　직《청구풍아(靑丘風雅)》
1) 내가 술과 단술을 빚게 되면 그대는 누룩과 엿기름이 되어 주고, 내가 양
　념을 넣고 국을 끓이게 되면 그대는 소금과 식초가 되어 주시오. -《서경》
　〈열명(說命)하〉
　은나라 고종이 재상 부열에게 한 말인데, 염매(鹽梅), 즉 소금과 식초는
　양념이라는 뜻에서 '음식을 장만하다', 나아가서는 '나랏일을 맡은 재상'
　을 가리키는 말로도 쓰였다.
2) 방안을 가리킨다.
3) 흑첨(黑甛)은 캄캄하고도 단 것이니, 단잠을 가리킨다.

227

권 31

牧隱
李穡

머리를 빗다

梳髮

짧은 머리만 드뭇하니 빗 대기도 미안해
거울 속에 비친 모습 남김없이 하얗구나.
소년 시절 풍채가 모조리 없어졌다만
호기는 아직 남은 걸 그 누가 알랴.

短髮蕭蕭不滿梳。　　鏡中相對白無餘。
少年風采都消盡、　　豪氣誰知尙未除。

서울로 돌아온 밀성의 두 박선생을 찾아가다

訪密城兩朴先生還京

1.

벽도화 핀 아래로 황혼에 달이 뜨면

긴 가지 다퉈 잡아 술동이에 눈이 날렸지.[1]

그날 함께 놀던 친구들 몇이나 남았나.

그림자 끌고 그대 집 문을 두드리자니 정말 슬프구나.

碧桃花下月黃昏。　　爭挽長條雪洒[2]樽。

當日同遊幾人在、　　自怜携影更敲門。

■

* (밀양도호부는) 본래 신라의 추화군(推火郡)인데, 경덕왕이 밀성군으로 고쳤다. 고려 초에는 그대로 불렸는데, (줄임) (충렬왕이 즉위한) 뒤에 밀성현으로 불렸고, 11년에 높여서 군(郡)으로 했다가, 얼마 안 되어 또 낮춰서 현으로 했다. 공양왕이 증조할머니 박씨의 고향이므로 (밀양이라는) 지금의 이름으로 고치고, 높여서 부(府)로 하였다. -《신증 동국여지승람》 제26권 〈밀양도호부〉 건치연혁조
1) 꽃 사이에 술자리 벌이니 맑은 향기 피어나는데
   긴 가지 다투어 휘어잡으니 꽃잎이 눈처럼 떨어지네.
   花間置酒淸香發、　　爭挽長條落香雪。
   - 소동파 〈월야여객음주행화하(月夜與客飮酒杏花下)〉
2) 원문의 '洒'를 문맥에 맞게 '酒'로 고쳐서 번역하였다.

시골 사람이 말을 타고 구정(毬庭)을 지나가다가 어사를 만나 붙잡혔는데 내게 구해 달라는 글을 지어 달라기에 급히 붓을 들어 용서를 청하다

野人騎馬過毬庭遇御史被繫求書走筆以請

촌사람의 교만함이 너무나 심해
말을 타고 궁궐 문을 지났습니다.
부루말이[1] 지나는 것과 마주치고도
어사인 줄 몰랐다니 정말 바보입니다.
정상을 살펴보니 참으로 모르고 한 짓
법을 적용한대도 가볍게 논해야지요.
만번 용서를 비오니 부디 가엾게 여기시어
앞에 불러다 좋은 말로 한 마디 해 주소서.

野人驕亦甚、　　騎馬過宮門。
忽値青驄過、　　不知眞彼昏。
原情應誤犯、　　按法在輕論。
萬乞垂憐察、　　呼前一賜言。

■
1) 청총(青驄)은 푸른 털과 흰 털이 뒤섞인 부루말이다. 한나라 환전(桓典)이
   시어사가 되어 법대로 엄격히 집행하자, 그가 타고 다니는 부루말이 보이
   기만 해도 사람들이 피했다고 한다.

흰 머리

白髮

흰 머리는 빗을수록 점점 더 드물어져
눈처럼 어지럽게 옷에 착 달라붙네.
늙은 아내는 대머리 되겠다고 걱정하는데
동자 말로는 얼굴이 아직도 살졌다네.
푸른 산빛 비칠 때는 그리도 쇄락하더니
밝은 달빛 덮어쓰면 함께 희미해지니,
인간 세상 오색이 사람 눈을 흐리게 해[1]
너와 함께 흰색으로 돌아가기 바라노라.

白髮梳來漸漸稀。　　　紛紛如雪巧粘衣。
老妻頗訝頭將禿、　　　童子猶言面尙肥。
映得靑山何洒落、　　　披從明月共熹微。
人間五色迷人眼、　　　只願期將與爾歸。

■
1) 오색이 사람 눈을 멀게 한다. -《노자》12장.

부록

原詩題目 찾아보기

옮긴이 **허경진**은 연세대학교 국어국문학과를 졸업하고,
같은 대학원에서 문학박사 학위를 받았다. 목원대학교 국어교육과 교수와
열상고전연구회 회장을 거쳐, 연세대학교 국문과 교수를 역임했다.
《한국의 한시》 총서 외 주요저서로는 《조선위항문학사》, 《허균 평전》,
《허균 시 연구》, 《대전지역 누정문학연구》,
《성호학파의 좌장 소남 윤동규》 등이 있고,
옮긴 책으로는 《연암 박지원 소설집》, 《매천야록》,
《서유견문》, 《삼국유사》, 《택리지》, 《허난설헌 시집》,
《주해 천자문》, 《정일당 강지덕 시집》 등 다수가 있다.

韓國의 漢詩 41

牧隱 李穡 詩選

초   판 1쇄 발행일   2005년 1월 26일
개정증보판 1쇄 발행일   2023년 5월 10일

옮 긴 이   허경진
만 든 이   이정옥
만 든 곳   평민사
            서울시 은평구 수색로 340 〈202호〉
            전화 : 02) 375-8571
            팩스 : 02) 375-8573
            http://blog.naver.com/pyung1976
            이메일 pyung1976@naver.com
등록번호   25100-2015-000102호
ISBN   978-89-7115-022-1 04810
            978-89-7115-476-2 (set)
정   가   15,000원